U0103211

玉篇俗字研究

陳新雄署

孔仲溫著

臺灣學生書局印行

序

仲溫以英年棄世，其門下弟子追念恩師，整理其遺著，將次第出版，今先推出《玉篇俗字研究》，而問序於余。民國六十一年，余方任中國文化學院中文系主任，仲溫即於斯時考入文化學院就讀，余以爲大一學生初入中文系，於系中一切均感茫然，可謂萬緒千頭，不知從何讀起。蓋習慣中學教法，不知大學讀書，與中學有何異同，中文系之主要任務爲何？目的何在？學習範圍如何？該從何處著手？如何開始？連串問題，亟須人指導，指點迷津，以解除迷惑，而引起興趣。在我主持中國文化學院中文系系務時，曾經親自擔任「讀書指導」課程，諸生學習情緒高昂，沈浸其中，不以爲苦，仲溫在其班中，成績最爲優異，令余印象深刻，因余平素上課，從不點名，只知其姓名，而仍未知其人也。

仲溫四年級時，余方遊美歸來，任其訓詁學，仲溫依然成績優異，而余仍不識其人也。迨謝師宴時，仲溫前來敬酒，並自我介紹爲仲溫，並謂已考取政大中文研究所，欲從余寫論文，盼余能接受，余因相告，從余撰寫論文，余要求極爲嚴格，要能吃苦，方可接受。仲溫毅然曰，極願吃苦，但求指導。余因而要求是年暑假，先背誦《昭明文選》，且須吟誦。自《文選·三十七卷·孔文舉薦禰衡表》起，每週背誦一篇，其法由我先吟誦全文，仲溫錄音，然後攜回自行練習，如斯兩載，前後背誦數十篇，仲溫吟誦，頗有韻味。聞道近年已能將吟誦方法，傳諸其徒，聞訊大慰，人每譽之爲余高足，實在余亦自以其爲高徒也。

方仲溫之研讀於政大中文研究所也，一時師長，咸目優異，故以《韻鏡研究》獲得碩士學位後，即順利考取博士班深造，三年期滿，即以《類篇研究》一文而榮獲博士學位。以三年而得博士學位，人或以爲快，然余知其非快，蓋以己之一年，充人之兩年也。「人一能之己十之」之精神，仲溫有焉。猶憶批閱其博士論文之際，遇有問題，雖淩晨二時，電話相呼，即躍身而起，次日必當面承教，返後修改，既勤於研究，復勇於改進，故論文口試，乃獲評優等。

畢業之後，應聘靜宜女子學院中文系任聲韻學講席，舉辦第一屆國際中國聲韻學學術研討會，顯現卓越辦事能力，大會事務，有條不紊，與會學人，異口交稱。東吳大學、中山大學聞之，先後下聘，不數年間，聲譽日隆。方其就聘於大學也，欲余親書教誨，以時策勵。余因賦詩一首相勉，詩云：

十年壇坫誨諄諄。喜汝知津可出塵。
兒女所承爲骨血，生徒相繼乃精神。
先賢學術誰堪續，後世青藍孰代新。
風雨雞鳴休自已，師門薪火望傳人。

仲溫將此詩張之壁上，拳拳服膺，數年以來，表現益佳，傳道授業，薪火益盛，仙子灣前，蔚成槐市，鯤鯓南域，響叩洪鐘。自接系務以來，猶自兢兢不息，學術交流，無役不與，弟子隨從，氣勢漸壯。海峽對岸，固已譽滿，歷經三峽，尋歐蘇之風流；論學武漢，紹章黃之墜緒。北走燕京，南暨五羊，西抵昆明，東極丹東。大陸學人，咸相稱譽，今聞仙去，莫不惋惜。非僅此也，更北聯日本，以姊妹而相親；南達獅城，因同文以自喜。學術宏揚，屈指有日，天不假年，殊爲慨歎也。

仲溫治學，孜孜不倦，專門著述，已有《韻鏡研究》、《類篇研究》、《文字學》等多種。仲溫參加學術會議既勤，積稿遂豐，門下弟子，發揚師學，將爲之整理出版，此《玉篇俗字研究》者，蓋其一也。《玉篇》一書，乃梁顧野王爲增益《說文》，用通行楷體編寫，爲我國以楷書爲正體之第一部字書，其異體字或附於正文之下，或列於注內。實則所謂異體字，即今人所謂俗字者也。昔本師潘石禪（重規）先生嘗督導門人，爲作《玉篇索引》，一檢索引，諸字異體，粲列目前，異體整理，裨益已大。今仲溫更督導門下諸生黃靜吟、楊素姿、戴俊芬、陳梅香、林雅婷、謝佩慈等進行徹底整理，積成鉅帙。其書共分五章：首章緒論，於《玉篇》書名之考索，於撰述之淵源，增字之始末，重修之經過，皆元元本本，敘述無遺。次章言《玉篇》俗字之名義與體例，於俗字之名義，釐分爲相對性、民間性、淺近性、時代性四類，並界定俗字範圍，確立俗字體例。三章爲《玉篇》俗字孳乳探析，於俗字之孳乳，細分五類：曰簡省、曰增繁、曰遞換、曰訛變、曰複生。分析得理，一覽識義。四章爲《玉篇》與唐宋字書俗字比較。所比較之書有《玉篇》殘卷、《干祿字書》、《廣韻》、《類篇》等，則於俗字之研究，更超乎《玉篇》之外，駸駸乎及於俗字之全體矣。五章結論，提出總結性之論斷。提出趨簡爲俗字衍化主流，增遞乃俗字音義強化，形音義之相近則俗字孳乳之依憑，古文字爲俗字形成之始源，漢隸爲俗字發展之關鍵，假借亦俗字生成之緣由，語言變遷爲俗字聲符異動之緣由，錯雜乃俗字衍生之關係。所言皆有依據，合於俗字產生之原理，較之石師索引，可謂青出於藍。確經細加分析，非同浮光掠影，望形而定者也。仲溫身故之後，其弟子何生昆益，亦參與整理，且屢求余爲其師遺著寫序，情意懇切。仲溫得生徒如此，能繼志成事，斯爲不朽矣。今以余所知於仲溫者，縷覼書之，以爲天下讀斯書者告，斯爲序。

中華民國八十九年五月十四日

陳新雄伯元甫序於臺北市和平東路鍥不舍齋

自　序

文字是人們用來記錄語言、表情達意、約定俗成的線條符號。它的來源久遠，就漢字而言，它至少有六千年以上的歷史。文字既然是約定「俗」成，其起源於人群，流傳於民間，或許我們可以説人類在有文字之時，就有了俗字，所以廣泛地説，漢字的歷史有多久，俗字的歷史也該有多久。不過，眞正俗字概念的形成，則在有正字觀念的同時，它們是相對性，是較狹義的。我國正字規範的起源很早，至少在周宣王時就有太史籀著大篆十五篇，用來教育學童，因此當時規範了正字，相對之下的文字，就是俗字了。當然更早的殷商時期，文字發展已極為成熟規整，我們不能斷然説當時沒有規範的正字，但以年代悠遠，文獻實無足徵也。

自《史籀篇》以下，歷代字書迭有修纂，而《玉篇》為我國第一部現存的楷書字書，也是中古時期流傳頗廣的重要字書。其自梁顧野王修纂以後，又經歷了兩次重要的刊修，唐孫強增字於前，宋陳彭年等重修於後，目前顧本僅存殘帙，孫本未見於世，惟重修本尚流傳迄今。

《玉篇》為吾國重要字書之一，歷來有關的研究，並未多見，較重要者有日人岡井愼吾《玉篇の研究》、大陸胡吉宣《玉篇校釋》，岡井之作，於源流版本，論述頗詳，胡氏之書，則逐字校釋，功力甚深，均有其可觀的成就。然《玉篇》一書，收字甚多，形音義載錄繁浩，非二氏之書就能考鏡探明，因此，本文僅就俗字部分，深入析論，以祈明瞭《玉篇》俗字之源流與觀念。

本文之研究，為臺灣大學中國文學系黃沛榮教授主持國科會「歷代重要字書俗字研究」總計畫下的子計畫之一，除了本子計畫之外，其他子計畫尚有：季旭昇－《類篇》俗字研究、曾榮汾－《字彙》俗字研究、許師錟輝－《字彙補》俗字研究、黃沛榮－《正字通》俗字研究、蔡信發－《康熙字典》俗字研究。

本研究之進行，由本所博士生黃靜吟、楊素姿、碩士生戴俊芬三位小姐擔任助理的工作，她們在這段期間，輪流地為本文的撰寫，做收集、整理、製卡、分類、編輯、打印的工作，認眞負責，令人欣慰；而撰論的期間，陳梅香、林雅婷、謝佩慈三位小姐也加入工作的行列，積極而不眠不休的協助造字、編輯、校對等多項繁重工作，在此個人特表感謝。又內人雷僑雲女士對於個人的研究，一直熱誠而大力地支持鼓勵，於此，致上十二萬分的謝意。本文的撰論，得獲國科會與眾人的力量，方以完成，如果說內容有可採可觀之處，這是大家努力的成績；倘若有疏漏錯誤的地方，則是個人猶未盡力的結果，尚乞海內外專家學者包涵，並惠予指教。

中華民國八十六年元月孔仲溫序於高雄西子灣中山大學

《玉篇》俗字研究

目　次

第一章　緒　論

第一節　玉篇書名考述

《玉篇》一書最早是梁顧野王所撰，至唐高宗時，經處士孫強修訂增字，迨宋真宗大中祥符六年（1013），又再度重修，而成爲當今流傳於世的本子。本文所稱的《玉篇》，就是指宋人重修的《玉篇》。

宋重修的《玉篇》，有不少的異名。重修之初，仍承顧氏原有的舊名作《玉篇》，如在元刊本或清曹楝亭本《玉篇》卷首，載有大中祥符六年九月二十八日的敕牒，文中即三度稱該書爲「《玉篇》」，其文作：

> 都大提舉《玉篇》所狀，先奉敕命指揮差官校勘《玉篇》一部三十卷。……主客員外郎直集賢院丘雍校勘《玉篇》一部三十卷，再看詳別無差誤，並得允當。❶

今清張士俊澤存堂本《玉篇》，於每卷卷首均作「玉篇卷第某」的形式，雖然朱彝尊於〈重刊《玉篇》序〉中言「予寄寓居吳下，借得宋槧上元本于毛氏汲古閣，張子士俊請開雕焉。」指張士俊所雕印澤存

❶ 參見《玉篇》，p.1-2，國字整理小組編印。

堂本係唐孫強修訂增字之原本,《四庫全書總目提要》指稱其非,❷ 不過,每卷卷首稱《玉篇》一名,是否即宋重修原刊之舊,則頗值得注意。此外,元馬端臨《文獻通考》稱宋重修本爲《重修玉篇》,馬氏於〈經籍考〉中既列有「《玉篇》三十卷」,下引晁公武《郡齋讀書志》云:「梁顧野王撰,唐孫彊又嘗增字,僧神珙反紐圖附於後。」此後復載列「《重修玉篇》三十卷」,並引《崇文總目》:「皇朝詔翰林學士陳彭年與史館校勘吳銳、直賢院邱雍等,重加刊定。」❸ 可見得宋、元二朝,同稱《玉篇》者有二本,一爲唐孫強刊修增字本,一爲宋陳彭年等重修本,而馬氏以「重修」來區別。歷來稱宋修本爲《重修玉篇》一名的學者或典籍頗多,如《四庫全書總目》就載作「《重修玉篇》三十卷」,❹ 日本森立之《經籍訪古志》也載有元至正丙申刊本的「《重修玉篇》三十卷」。❺ 另外有稱爲《祥符新定玉篇》,如宋王應麟《玉海》載:「《祥符新定玉篇》三十卷」。❻ 又宋重修《玉篇》尚有一向爲學者所常用的名稱,即《大廣益會玉篇》,所以會有「大廣益會」之名,清朱彝尊〈重刊《玉篇》序〉嘗以爲:

> 顧氏《玉篇》本諸許氏,稍有升降損益。迨唐上元之末,處士孫強稍增多其字,既而釋慧力撰《象文》,道士趙利正撰《解疑》,至宋陳彭年、吳銳、丘雍輩又重修之,於是廣益者眾。❼

---

❷ 參見《四庫全書總目》2冊,p.848,藝文印書館。

❸ 參見《文獻通考·經籍考》卷189,p.1612,台灣商務印書館影浙江影刊武英殿本。

❹ 同注❷。

❺ 參見《經籍訪古志》,p.109,廣文書局印《書目總編》。

❻ 參見王應麟《玉海》,p.224,商務印書館景印文淵閣四庫全書本No.944。

❼ 參見《大廣益會玉篇》,p.1,北京中華書局影張士俊澤存堂本。

朱氏之言，本文以爲猶有可商之處，文中之「釋慧力撰《象文》」，即指唐僧慧力撰《象文玉篇》三十卷，據《崇文總目》載該書爲「撰野王之書，裒益眾說，皆標文示象。」而朱氏又謂「道士趙利正撰《解疑》」，即指氏撰《玉篇解疑》三十卷，《崇文總目》也載述該書是「刪略野王之說以解字義」，❽ 諸書是否在宋代陳彭年、吳銳、丘雍重修《玉篇》時，曾經參考引用，我們無法斷爲不可能，但是恐非爲最主要的修撰依據，何以見得呢？首先，我們知道在重修《玉篇》卷首載有大中祥符六年敕牒，之後便明白地載述該書是據顧野王撰本，南國處士孫強增加字重修。再者，《玉篇》的重修，並參酌了陳彭年、丘雍重修的《廣韻》，《玉篇》參酌《廣韻》倒不一定因爲二者都是陳彭年、丘雍所編纂。其實主要原因是宋朝有字書與韻書相副施行的緣故，我們從晚於重修《玉篇》的《類篇》，其書末附記詳述《類篇》編纂動機便可以看得出來，其內容作：

> 寶元二年十一月，翰林學士丁度等奏：「今修《集韻》，添字既多，與顧野王《玉篇》，不相參協，欲乞委修韻官，將新韻添入，別為《類篇》，與《集韻》相副施行。」❾

字形繫聯的字書與字音編排的韻書，相輔施行，相互參稽的特殊觀念與制度，是宋人所特有，❿ 所以陳彭年、丘雍於大中祥符元年（1008）

---

❽ 同注❸ 。又《文獻通考》載《像文玉篇》二十卷，而《新唐書．藝文志》則載爲「三十卷」，另外《宋史．藝文志》亦作《象文玉篇》二十卷，不知孰是？《玉篇》一書本爲三十卷，故《文獻通考》「二十卷」恐係「三十卷」之形訛，今依《新唐書．藝文志》。

❾ 參見《類篇》，p.563-564，北京中華書局影姚覲元重刊本。

❿ 參見孔仲溫《類篇研究》，p.9-10，學生書局。

完成《廣韻》的重修後二年，隨即又完成《玉篇》的重修。接著於景祐四年（1037）至寶元二年（1039）又編纂《集韻》，但因《集韻》的內容、收字，比《廣韻》要增加很多，也就無法跟「顧野王《玉篇》」——也就是重修《玉篇》——相互參協，所以丁度奏請再修字書《類篇》，從這裡也就明白重修《玉篇》是爲了跟《廣韻》相參協，因此陳彭年、吳銳、丘雍等人重修《玉篇》時，必然是參酌《廣韻》了。至於稱作「大廣益會」，恐未必是北宋陳彭年等重修時，給予的新增名稱，個人疑爲南宋初以後才有的，理由有三：

1. **宋人著錄無《大廣益會玉篇》之名**：在目前所見的宋人書目、著述，如陳振孫《直齋書錄解題》、晁公武《郡齋讀書志》、王應麟《玉海》、《宋史・藝文志》、李燾《說文解字五音韻譜・自序》、樓鑰《攻媿集・跋宇文廷臣所藏吳彩鸞玉篇鈔》等均只有《玉篇》或《祥符新定玉篇》，從無作「《大廣益會玉篇》」，甚至元代馬端臨的《文獻通考》、明代《崇文總目》則稱《重修玉篇》，而明初的《文淵閣書目》，除了載錄六部《玉篇》之外，還有一部《禮部玉篇》，也都沒有「《大廣益會玉篇》」之稱，因此，「《大廣益會玉篇》」這名稱的來源，實在令人生疑。

2. **宋刊本《玉篇》猶存《玉篇》之名**：目前臺灣地區已未見宋刊本《玉篇》，而日本在清末民初還留有宋刊本《玉篇》，據楊守敬《日本訪書志》所載稱該書與清初張士俊所刊澤存堂本款式全同，因此，朱彝尊稱所據爲「宋槧」應是可信，至於朱氏稱爲唐孫強「上元本」則有訛誤。今張士俊澤存堂本，考其內容，我們可以發現該本避北宋諱，而不避南宋諱，如「匡、筐、框、玄、朗、槐、儆、炅、楨、徵、桓、暅」諸字均缺筆諱作「匡、筐、框、玄、朗、槐、儆、炅、楨、徵、桓、暅」，顯然是避宋太祖趙匡胤及其始祖趙玄朗、祖父趙敬、還有太宗趙炅、仁宗趙楨、欽宗趙桓諸人的名諱，因此我們推知張士俊所據宋本，是南宋的刊本，而不是楊守敬《日本訪書志》所稱的「北宋槧本」。⓫ 既然不是北宋刊本，當然就不是真宗時的原刊本，其改易原有書名而作《大廣益會玉篇》，這是很有可能的。更何況該本除了書首標明爲「《大廣益會玉篇》」之外，而書中三十卷，每卷的卷首都是作「《玉篇》卷第〇」的形式，由這種卷首與和每卷卷首書名不一致的情形看來，不禁讓人懷疑這書首的書名是後來改換的，是什麼時候改換的呢？應該最早不會早過南宋初年。

3．**敕牒未見改名之旨**：考諸北宋字書、韻書的修纂、刊定，自太宗雍熙（984－987）至英宗治平四年（1067）的八十幾年間，計有八次，除了重修《玉篇》之外，尚有《廣韻》、《大宋重修廣韻》、《韻略》、《廣韻韻略》、《禮部韻略》、《集韻》、《類篇》，⓬ 其中《大宋重修廣韻》撰成於真宗大中祥符元年（1008），該書本名《廣韻》，而真宗敕換新名，於今本《廣韻》中，猶載有敕牒。可是同在大中祥符年間重修的《玉篇》，在今元明刊本卷首載附雕印頒行的牒文裡，卻未有任何改名的意旨，因此個人以爲宋修《玉篇》之初，是沒有改易新名的。再者，在北宋修纂刊正的諸本字書、韻書，都沒有像這樣冠上「大廣益會」以表示完全博大的形容詞，這樣的稱名反倒像元明以後，書坊刻書爲增廣銷路，招攬顧客而稱其本爲「全本」、「足本」的意思，似乎不與御敕修纂、雕印頒行那端莊穩重的性質相符。

至於爲何會有「《大廣益會玉篇》」的書名產生呢？當然，宋重修《玉篇》以孫強本爲基礎，再參酌其他字書及《廣韻》，其收字在

⓫ 參見楊守敬《日本訪書志》，p.147，廣文書局《書目總編》。

⓬ 同注❿，p.3。

增字本《玉篇》中，應是最多的，這是理由之一。此外，卷首或卷末所附益的一些有關文字、聲韻的材料也是原因。如晁公武《郡齋讀書志》裡便載說唐孫強本《玉篇》附有神珙《反紐圖》，而清初覆宋刊的澤存堂本，則除了〈四聲五音九弄反紐圖．并序〉，又添增了〈分毫字樣〉、〈五音聲論〉，至元明刊本裡，則於卷首將這些材料匯集而成《新編正誤足註《玉篇》、《廣韻》指南》，其內容包括有：〈字有六書〉、〈字有八體〉、〈切字要法〉、〈辨字五音法〉、〈辨十四聲法〉、〈三十六字母五音五行清濁傍通撮要圖〉、〈三十六字母切韻法〉、〈切韻內字釋音〉、〈辨四聲輕清重濁總例〉、〈四聲五音九弄反紐圖序〉、〈五音聲論〉、〈雙聲疊韻法〉、〈四聲五音九弄反紐圖〉、〈羅文反樣〉、〈奇字描述〉、〈字當避俗〉、〈字當從正〉、〈字之所從〉、〈字之所排〉、〈上平證疑〉、〈下平證疑〉、〈上聲證疑〉、〈去聲證疑〉、〈入聲證疑〉、〈分毫字辨〉等。

宋重修《玉篇》除了上述稱名之外，尚有作「今本《玉篇》」或「宋本《玉篇》」者，[13] 這樣的稱名，也都能符合宋代《玉篇》的重修，與流傳於今日最常用本子的事實，也都合於稱名的道理。

---

[13] 前者如濮之珍《中國語言學史》，p.179，書林出版公司、劉葉秋《中國字典史略》，p.70，源流出版社；後者如朱星《中國語言學史》，p.260，洪葉文化事業公司。

第二節　玉篇淵源考述

宋重修的《玉篇》，係據梁顧野王原撰，唐孫強刊修增字的本子，再重新編纂而成的，在今本《玉篇》卷首載錄大中祥符六年的敕牒後，便有如下的題示：

> 梁大同九年三月二十八日，黃門侍郎兼太學博士顧野王撰本。唐上元元年甲戌歲四月十三日，南國處士富春孫強增加字三十卷。凡五百四十二部，舊一十五萬八千六百四十一言，新五萬一千一百二十九言，新舊總二十萬九千七百七十言。注四十萬七千五百有三十字。❶

因此本文擬就顧野王《玉篇》與孫強刊修增字的本子，作一扼要地略述，期使我們能對宋重修本《玉篇》的淵源，有一些基本的認識。

一、顧野王玉篇述略

顧野王（519-581）字希馮，吳郡吳人，《南史》、《陳書》均有本傳，而《陳書》所載較詳。❷ 據《陳書》本傳所載，顧氏卒於陳宣帝太建十三年（581），時年六十三，故推知其當生於梁武帝天監十八年（519）。顧祖子喬、父烜均仕於梁朝，而父以儒術知名，因

---

❶ 參見《大廣益會玉篇》，p.1，中華書局影澤存堂本。

❷ 參見《南史》卷六十九，p.782-783，藝印書館武英殿本二十五史、《陳書》卷三十，p.189-190，藝文印書館武英殿本二十五史。

此野王以家學淵源，幼好學，七歲讀五經，九歲屬文撰〈日賦〉，十二歲撰〈建安地記〉二篇，「長而遍觀經史，精記嘿識，天文地理，蓍龜占候，蟲篆奇字無所不通」，梁大同四年（538），年二十歲即除太學博士。後隨政權之移轉，入於陳朝，歷任將軍、參軍、諮議參軍、國子博士、黃門侍郎、光祿卿等職，死後追贈秘書監、右衛將軍。《陳書》總論其人云：

> 野王少以篤學至性知名，在物無過辭失色，觀其容貌，似不能言，及其勵精力行，皆人所莫及。

其所撰著甚眾，除有《玉篇》三十卷外，另有《輿地志》三十卷、《符瑞圖》十卷、《顧氏譜傳》十卷、《分野樞要》一卷、《續洞冥記》一卷、《玄象表》一卷，並行於世，而《通史要略》一百卷、《國史紀傳》二百卷，則未成而卒，尚撰有《文集》二十卷。

關於《玉篇》的撰著年代，大中祥符六年敕牒後題作：「梁大同九年三月二十八日，黃門侍郎兼太學博士顧野王撰本」，然依《陳書》本傳可知顧氏二十歲於梁武帝時，即任太學博士，入陳朝後，在其晚年，即太建六年（574）以後才遷至黃門侍郎，顯然宋人混淆了顧氏的官職，而清紀昀等修撰《四庫全書總目提要》，也沿襲宋人的疏誤，清王昶辨之甚詳，❸ 但王氏對此現象，以為是顧氏撰成於武帝之時，進呈於簡文帝。清謝啓昆《小學考》也說顧氏〈進玉篇啓〉所稱的「殿下」為簡文帝。❹ 近人胡樸安以為王說猶有可商，他認為：

> 詎知蕭愷受命刪改《玉篇》，在太清二年以前，其時猶

---

❸ 參見《春融堂集・玉篇跋》。

❹ 參見《小學考》，p.271，藝文印書館印光緒蔣氏本。

為武帝之世，蕭愷死于侯景之亂，《玉篇》當進呈于武帝之時，不能因宋人題官銜之混誤而疑之。❺

胡氏所言是也，考《梁書·蕭子恪傳》附〈蕭愷傳〉載：

先是時太學博士顧野王奉令撰《玉篇》，太宗嫌其書詳略未當，以愷博學，於文字尤善，使更與學士刪改。❻

故梁武帝太清二年（548），侯景之亂起，而蕭愷即死於亂中，是依《梁書》所載，顧氏《玉篇》必然是撰成進獻於梁武帝之時。只不過依題記，其撰成於「梁大同九年」（543），應該也是在這一年進呈。但是梁武帝時年八十，且沉迷於佛教，經常不理朝政，每幸駐寺廟，升座講經，因此，政令恐多出太子——即簡文帝之手，此也就是顧氏在〈進玉篇啓〉中稱「殿下」的緣故了，而《梁書·蕭子恪傳》附〈蕭愷傳〉裡所稱「太宗」，也是指簡文帝，這都是簡文帝在梁武帝時爲太子，而尚未正式繼位爲帝時，有關《玉篇》的事情，因此，如果從這個角度來說進呈簡文帝，恐怕會比較合理些。

顧氏撰成《玉篇》在大同九年，時年二十五歲，胡樸安恐人疑其稍嫌年輕，而論說：

觀《陳書》本傳，年十二，隨父之建安，撰〈建安地記〉二篇，以此度之，二十五歲，撰《玉篇》三十卷，無足異也。❼

---

❺ 參見胡樸安《中國文字學史》，p.85，台灣商務印書館。

❻ 參見《梁書》卷三十五，p.251，藝文印書館武英殿本二十五史。

❼ 同注❺。

胡氏之說可從，且自本傳知顧氏於大同四年二十歲之時，即任太學博士，而《梁書》載〈蕭愷傳〉也說：「先是時太學博士顧野王奉令撰《玉篇》」，因此，可以推知顧氏撰著《玉篇》年代的上下限應爲：梁大同四年（538）至大同九年（543）的五年之間了。

顧氏爲何編纂《玉篇》呢？其動機何在？就文獻觀之，應有以下兩項理由：

1. **秉承敕命**：顧氏於〈玉篇序〉及〈進玉篇啓〉裡，❽一再言及修纂《玉篇》，是秉承敕命。這個「敕命」，雖言修纂於梁武帝之世，但看來是簡文帝之命，〈玉篇序〉即云：

> 猥承明命，預纘過庭，總會眾篇，校讎群籍，以成一家之製，文字之訓備矣。而學慙精博，聞見尤寡，才非通敏，理辭彌躓，既謬先蹤，且乖聖旨，謹當端笏擁篲，以俟嘉猷。❾

序中所謂「猥承明命，預纘過庭」，清謝啓昆《小學考》以爲：「按野王父烜爲梁臨賀王記字，以儒術知名，故〈序〉云『預纘過庭』」，❿此說恐值得商榷，依其下文，言及恐「且乖聖旨」，而「謹當端笏擁篲」之語，此當指梁太子簡文帝。在〈進玉篇啓〉也載云：

> 殿下天縱岳峙，叡哲淵凝，三善自然，匪須勤學，六行

---

❽ 今〈玉篇序〉，元、明、清本《大廣益會玉篇》多作〈大廣益會玉篇序〉，《大廣益會玉篇》是後人所增改之書名，非顧氏原書之名稱，依原書應作〈玉篇序〉，今正，下同。

❾ 同注❶。

❿ 參見《小學考》卷十五，p.271。

前哲，寧以勞喻，是以聲單八表，譽決九垓，規範百司，陶鈞萬品，猶復留心圖籍，俛情篆素，糾先民之積繆。振往古之重疑，簡冊所傳，莫令北盛。野王沾濡聖道，沐浴康衢，不揆愚淺，妄陳狂狷，徒夢收腸，終當覆瓿，空思朱墨，懼必無傳，⓫悚悸交心，罔知攸錯，謹啓。⓬

文中「殿下」當亦是指簡文帝，此外《梁書》載〈蕭愷傳〉也說道：「先是時太學博士顧野王奉令撰《玉篇》，太宗嫌其書詳略未當。」可見得當時任太學博士的顧野王是受敕命修纂《玉篇》。

2．規範文字：顧氏雖是受命修纂，但也確實有感當世文字訓詁，舛錯差互不少，難以推求聖人的微言大義，其於〈玉篇序〉云：

但微言既絕，大旨亦乖，故五典三墳，競開異義，六書八體，今古殊形，或字各而訓同，或文均而釋異，百家所談，差互不少，字書卷軸，舛錯尤多，難用尋求，易生疑惑。⓭

所以希望能夠「總會眾篇，校讎群籍，以成一家之製，文字之訓備矣！」

顧氏撰成《玉篇》之後，此書頗流傳於隋唐二朝，據《隋書·經籍志》載：「《玉篇》三十一卷，陳左將軍顧野王撰。」⓮何以《隋

⓫ 張士俊澤存堂本「懼必無傳」作「燿必無傳」，元刊本、清曹楝亭本「燿」作「懼」，今據正。

⓬ 同注❶，p.1-2。

⓭ 同注❶。

⓮ 參見《隋書》卷三十二，p.484，藝文印書館武英殿本二十五史。

書・經籍志》載爲「三十一卷」呢？劉葉秋、孫鈞錫均認爲可能卷首序文和表啓合爲一卷。⓯ 雖然有此可能，但從抄自原本《玉篇》的空海《篆隸萬象名義》卷首列有三十卷、五百四十二部首的〈總目〉，並稱爲「篆隸萬象名義卷第一」與正文的第一卷同稱「卷第一」看來，恐怕所謂多出一卷正是指此。另外《隋書・經籍志》稱「陳左將軍顧野王」，考《陳書》、《南史》顧野王本傳，其爲死後追贈「右衛將軍」，而無「左將軍」一職，是「左」疑「右」之形訛。至唐雖有增字刪注的孫強本，及僅十三卷的《玉篇抄》節本的出現，但由此可以證明顧氏《玉篇》在當世也仍然流傳，不過，《舊唐書・經籍志》、《新唐書・藝文志》均載有顧野王《玉篇》三十卷，是否爲孫強增字刪注本，則不可知。

入宋以後，篇帙繁浩的顧氏《玉篇》，已爲增字刪注的孫強本所取代，雖然《宋史・藝文志》仍載錄：「顧野王《玉篇》三十卷」，宋景祐《崇文總目》也載有顧氏《玉篇》三十卷，未曾明言爲孫強本，但周祖謨〈大廣益會玉篇跋〉以爲《崇文總目》所載僅言顧氏撰，書中並別無孫書，而足滋人疑。且兩宋著述均但言孫強之增字，絕無言及顧氏原書，如據宋晁公武《郡齋讀書志》載《玉篇》爲孫強本，李燾《說文五音韻譜序》言「今行於俗間者，強所修也」，由樓鑰《攻媿集》中〈跋宇文廷臣所藏吳彩鸞玉篇抄〉一文，也推知樓氏未見顧氏原本，因此證明顧氏《玉篇》宋時已散佚。⓰

直至清光緒初黎庶昌出使日本，在彼邦發現還保存唐寫原本《玉篇》零卷，於是陸續摹寫刻印，並收入其《古逸叢書》，其中卷帙、部目包括：卷九〈言部〉第九十一至〈幸部〉第一百十七、卷十八〈放

⓯ 參見劉葉秋《中國字典史略》，p.70、孫鈞錫《中國漢字學史》，p.86，注❷，學苑出版社。

⓰ 參見周祖謨《語言文史論集》，p.380，五南圖書出版公司。

部〉至〈方部〉、卷十九〈水部〉、卷廿二〈山部〉第三百四十三至〈品部〉第三百五十六、卷廿七〈糸部〉至〈索部〉，各卷多有殘闕。⓱ 而羅振玉以黎氏摹刻失真，改以珂羅版影印〈言〉、〈糸〉兩卷及黎氏未收的〈魚部〉殘卷。⓲ 此外日本東方文化學院也嘗於《東方文化叢書》影印上述部分卷帙之外，並影印卷八〈心部〉殘頁六行七字。⓳ 這些原本《玉篇》零卷的篇幅，大約只是顧氏原書的八分之一，不過，後人已經可以從這裡大致了解顧氏原本的內容與體例了。

考顧氏《玉篇》的收字，唐封演《封氏聞見記》說是 16,917 字，封氏云：

> 梁顧野王撰《玉篇》卅卷，凡一萬六千九百一十七字。⓴

其所以較《說文》多出 7,500 餘字，這些應該多半是兩漢魏晉以來，因時代的推移，而新生出的文字。在編排、釋義的體例上，也跟《說文》不大相同。雖然顧氏《玉篇》大體遵循《說文》的部首，卻又不同，其增刪五百四十部為五百四十二部，改據形系聯的部次為事類相從的部次。且漢字的發展，自秦漢以來，已通行隸體，魏晉之後，再變為楷書，《說文》固然是探索文字形義根源的重要字書，但漸與現實的文字環境脫節，而顧氏變篆從隸，所有字頭與重文均採當時書體，成為我國第一部楷書字典。顧氏《玉篇》在每個字頭之下的訓釋，

⓱ 參見古逸叢書本《玉篇零卷》，收錄於國字整理小組編印《玉篇》，或北京中華書局《原本玉篇殘卷》。

⓲ 參見《原本玉篇殘卷》所影印，北京中華書局。

⓳ 參見沈壹農《原本玉篇引述唐以前舊本說文考異》於〈緒言·使用材料〉一節中所述。1987，政大碩論。

⓴ 參見《封氏聞見記》，p.9，北京中華書局印叢書集成初編。

也不再如同《說文》，以釋文字的本形、本義爲主，字音採直音、譬況，而是以音義爲主，先列反切，再訓釋字義，並旁徵博引，以爲輔證，舉凡群經子史、訓詁音義的典籍文獻，均詳贍引證，且每有「野王案」的案語，完全如顧氏〈玉篇序〉中所謂「總會眾篇，校讎群籍，以成一家之製，文字之訓備矣！」其於重文的編排，也與《說文》不同，《說文》是凡籀文、古文、或體、俗體諸重文，不論其偏旁構形，都載列在正篆之下，而顧氏則創異部重文的體例，也就是凡是形體偏旁不同於字頭──即本字的異體字，都各按其部首歸部，完全徹底地落實文字依形分部的原則。

由於顧氏《玉篇》於音義的訓釋，徵引廣博，引證文獻極爲豐富且精善，甚至胡吉宣氏以爲「所引群書，皆出自梁宮善本」，㉑ 遠較宋重修《玉篇》詳贍，故可想見其書卷帙繁浩，而今本《玉篇》卷首大中祥符六年敕牒後載言新舊總字數後，尙有雙行小注云：「注四十萬七千五百有三十字」，楊守敬於〈跋日本發現古本玉篇零卷〉一文中，即說到其目睹《原本玉篇零卷》內容詳贍，遠超過宋重修大廣益本，且將大廣益本的正文連同注文合計，實際不過二十萬又多一些，絕沒有雙行夾注所稱四十萬字的事，因此當看到這詳備的《原本玉篇零卷》，才領悟到這小注所載的「四十萬字」，是顧氏原本的字數。㉒ 經由上述，我們對顧氏《玉篇》應有一些粗概的認識。

㉑ 參見胡氏〈唐寫原本《玉篇》之研究〉一文，載於 1982，《文獻》11：p.179-186；書目文獻出版社。

㉒ 參見《原本玉篇零卷》p.374-375。

二、孫強增字玉篇考略

從大中祥符六年的敕牒後題記可知，宋陳彭年等重修《玉篇》，其所根據最重要的底本爲唐肅宗上元元年（760）孫強增加字的本子。不過，這個「上元元年」的撰著年代，恐怕還有進一步討論的必要，主要是題記原作「唐上元元年甲戌歲四月十三日」，而其中的年代是有矛盾的。據薛仲三、歐陽頤主編《兩千年中西曆對照表》，上元元年應是歲次「庚子」，爲何作「甲戌歲」呢？這樣的矛盾，有兩種可能性，一者「甲戌歲」是錯增的，它可能是後人不查竄入造成的，一者「上元元年」是錯誤的，考唐代「甲戌」，有可能形近而訛的，一是唐玄宗開元二十二年（734），則早於肅宗的上元元年，一是唐德宗貞元十年（794），那就較晚了。不過，個人比較傾向「甲戌歲」爲後人竄入的，主要是在這個題記中，載說梁大同九年顧野王撰《玉篇》，未嘗言及歲次，而載說孫強增加字，則既有年號，又有歲次，前後不一，令人生疑。而且肅宗上元元年，正是安祿山之亂的時期，天下紛擾，諸如孫強此等有學問之人，避禍則猶恐不及，焉論入仕爲官，因此唯有身居「南國處士」了。

至於孫強其人，文獻或作「孫彊」，㉓ 不見於史傳，生平不詳，唯題記說他是唐代肅宗上元年間未居官職的「南國處士」，爲「富春」人，「富春」即今浙江省杭州北面不遠的富陽縣，縣境有富春江流經，秦時置縣，原名富春，晉時因避鄭太后諱而改名爲富陽。孫強爲唐代對文字頗有研究的文字學家，除爲顧氏《玉篇》增加字之外，據五代宋初郭忠恕《汗簡》載所引 71 家字書中，則包括了孫強《集字》，

㉓ 如晁公武《郡齋讀書志》卷四，p.18，商務印書館景宋淳祐袁州刊本、夏竦《古文四聲韻》，p.10，學海出版社影碧琳瑯館叢書，蓋「彊」、「強」，古今字。

另外宋夏竦《古文四聲韻》載古文所出書傳，也有《孫彊集》，這個《孫彊集》，應該就是孫強《集字》，其書不傳，書的全名是否爲《集字》，尚待考證，不過應是纂集古文字方面的字書。

而孫強增字本的《玉篇》其收字內容如何呢？就題記載：「……孫強增加字，三十卷，凡五百四十二部，舊一十五萬八千六百四十一言，新五萬一千一百二十九言，新舊總二十萬九千七百七十言。」在這段文字裡，可見得卷數、部數，顧氏原本、宋重修本跟孫強都是一致的，但重修本的部次與原本已有不同，今已無法看見唐孫強所修的增字本，實在不能確知今重修本部次是否沿襲了孫強增字本。至於字數，文中的新舊，學者咸認爲「舊」指的是宋重修本的底本，也就是孫強增字本，爲 158,641 字，這是全書正文與注文的總字數，不是單指所收的正文。但我們根據唐封演《封氏聞見記》載知顧氏原本正文計 16,917 字，而宋重修本，據拙作〈宋代文字學〉一文依張士俊澤存堂本每部所記字數統計爲 22,520 字，㉔ 因此，可推知孫強增字本收字必然在此二者之間，至於究竟是多少字呢？本文不知而暫闕如也。

我們由前一小節中知注文內容豐富詳贍的顧氏原本的總字數，應是題記後雙行小注所載的 407,530 字，今孫強本正文較顧氏原本增加，而總字數僅 158,641 字，顯然孫強本的注文是經過大量刪略的，但是否爲孫強刪略的，這還需要再進一步地討論。當初顧氏撰成《玉篇》，進呈於梁太子（即簡文帝），但《梁書・蕭子恪傳・蕭愷傳》說：「太宗（即簡文帝）嫌其書詳略未當，以愷博學，於文字尤善，使更與學士刪改。」㉕ 從這裡似乎就透露出簡文帝恐對其注文的詳備繁重，頗有意見，所以另外責成蕭愷領學士刪改。不過刪改得如何？

㉔〈宋代的文字學〉，刊載於《國文天地》3：3：73-79，1987。

㉕ 同注❻。

史傳並沒有記載，而蕭愷卻又早卒於侯景之亂中。到了唐代，《玉篇》是有正式刪略注文的本子出現，除了孫強本之外，其他例如《玉篇抄》，《玉篇抄》不詳撰人，然據宋樓鑰〈跋宇文庭臣所藏吳彩鸞玉篇鈔〉一文，言其目睹唐文宗太和（827-835）間之吳彩鸞所抄節文的《玉篇鈔》，㉖ 而日本寬平年間（889-897）所撰的《日本國現在書目錄》中也有「《玉篇抄》十三卷」一條，不過樓鑰雖然對吳彩鸞鈔本有「不知舊有此鈔而書之邪？抑彩鸞以意取之耶？」的疑惑，但從《玉篇鈔》爲一流傳甚遠的圖書看來，它應該原本就是一本唐人流行的《玉篇》節本，而爲吳氏所鈔錄。

其次，另有一部節抄的《玉篇》，而至今猶然流傳於世的，也就是日僧空海抄撰的《篆隸萬象名義》。空海是在唐德宗貞元二十年（804）來中國，憲宗元和元年（806）返日，攜去極多的中國的書籍，周祖謨〈論篆隸萬象名義〉一文以爲該書撰於西元 827 至 835 年間，即唐文宗太和年間。該書部目、次第與現存顧氏《玉篇》殘卷相合，字數與封演《封氏聞見記》所載 16,917 字相若，在注文方面，除僅取訓釋，不引經傳，與宋重修本相近之外，㉗ 其餘都依仿原本《玉篇》，絕少增損淩亂。㉘ 所以楊守敬贊歎該書「直當一部顧氏原本《玉篇》可矣」。㉙ 但是我們對於《篆隸萬象名義》的成書，仍然有些疑問存在。日僧空海來中國的時候，孫強的增字本已撰成了 44 年，其攜《玉篇》返日，爲何不帶收字較多，注文已經節抄的孫強本？反而帶著注文繁重，收字較少的顧氏原本回國節抄呢？莫非其未見孫強本？或者

㉖ 參見樓氏《攻媿集》卷七十八，p.7，商務印書館四部叢刊本。

㉗ 楊守敬《日本訪書志》於「篆隸萬象名義」目下言「空海所存義訓較廣益本亦爲稍詳（顧氏原書於常用之字往往列四五義，廣益本概取二三義而已）。」

㉘ 參見周氏《問學集》，p.894-895，河洛圖書出版社。

㉙ 同注㉗。

見過孫強本而仿其例節抄呢？或是空海原本所帶的《玉篇》，就是流傳於唐代的一本顧氏《玉篇》節抄本，依此作爲底本再加以補充撰述呢？今《篆隸萬象名義》的訓釋略詳於宋重修本，在今流傳的本子卷五首葉「篆隸萬象名義卷第十五之下」的標題下，有「續撰　惹曩三佛陀」數字，是知《篆隸萬象名義》撰作者有二人，他們抄錄撰述時，如何取得一致的觀點與原則呢？而《篆隸萬象名義》跟唐僧慧力的《像文玉篇》是否有什麼牽連？不然書名內容又像有些關係。諸如此類問題，如今暫且提出，恐怕一時之間還無法解釋清楚的。總之，孫強本雖是顧氏《玉篇》的增字節注本，但是最早作節注的人是否爲孫強？我們尚不敢遽然論定，不過孫強的本子對於後世影響較大，它被作爲宋重修本的底本，也因此宋重修本出，孫強本的原本也跟著亡佚了，真是得失難料。

至於孫強本的內容，由於已溶入了宋重修本，原本又已不見，真實情形難明，但因孫強曾撰《集字》，爲郭忠恕《汗簡》、夏竦《古文四聲韻》所引，從其中或許透露些許訊息，日人岡井慎吾《玉篇の研究》曾從清鄭珍《汗簡箋正》尋繹出四十三字，不過，本文依廣雅書局刻本核之，發現仍有些漏失之處，如其所列「錐、難、指、將、巧、詠」諸字均未見有注明爲孫強《集字》，而「季」字爲「季」字之訛，「薅二字」應作「薅三字」，又漏列「邃」字，實際上應是三十九字。至於《古文四聲韻》，本文從其中尋繹出四十三字，而與汗簡所載者合併共爲五十五字，列如下表：（按表中文字係據二書本字，非古文字形，凡是見於該書者，作“✓”記以識）

孫強集字	君二字	吸	啓	涉	妾	錐[30]	鴟	歡	嘗
汗簡	✓	✓	✓	✓	✓	✓	✓	✓	✓
古文四聲韻				✓					✓

孫強集字	矌[31]	邃	龐	絞	悤	將	巧	揖	狡
汗簡	✓	✓	✓	✓	✓			✓	✓
古文四聲韻	✓		✓		✓	✓	✓	✓	✓

孫強集字	恕[32]	妘	媢	奴[33]	柩	繪	鼂	嗟[34]	甥
汗簡	✓	✓	✓	✓	✓	✓	✓	✓	✓
古文四聲韻	✓	✓	✓	✓	✓	✓	✓	✓	✓

---

[30] 鄭珍以爲「錐」爲「雖」之誤，黃錫全《汗簡注釋》以爲鄭說是也。

[31]「矌」字《汗簡》有孫強古文二字、《古文四聲韻》則列一字。

[32]「恕」，《汗簡》、《古文四聲韻》作[illegible]，考宋修《玉篇》作「思」，然黃錫全《汗簡注釋》引好蚉壺、三體石經〈無逸〉、古寫本《尙書》均作「恕」。

[33]《古文四聲韻》釋爲「姐」、宋本《玉篇》「姊」字古文作「她」，是《汗簡》「奴」應是「她」之訛。

[34]《古文四聲韻》作「嗟」。

孫強集字	鈞㉟	䜌	輗	隄	陴	甲二字	記	季	𡡉三字
汗簡	✓	✓	✓	✓	✓	✓	✓	✓	✓
古文四聲韻	✓	✓		✓		✓	✓	✓	✓

孫強集字	篪	㲉	垓	塤	鞆	賁	甗	遂	瘞
汗簡									
古文四聲韻	✓	✓	✓	✓	✓	✓	✓㊱	✓	✓

孫強集字	竄	調	創	殷
汗簡				
古文四聲韻	✓	✓	✓	✓

在上列諸字裡，其古文字形固然有見於宋修《玉篇》的，例如：「启、鴟、悤、將、巧、揖、狡、恕、妘、媚、奴、輗、隄……遂、調」等等，但是宋修《玉篇》在釋讀上與《汗簡》、《古文四聲韻》並不一致，如「揖」字作[古文字形]，宋修《玉篇》釋為「揄」以為「擁」字古文；又如「恕」字作[古文字形]，宋修《玉篇》作「思」字；又如「奴」字作　，宋修《玉篇》則作「㛄」字古文。而上列見於宋修《玉篇》的

㉟《古文四聲韻》有二字，又釋為「鈞」字。

㊱《古文四聲韻》「甗」字兩見。

諸字，又絕大多數是不見於顧氏原本，以表中的五十五字，與顧氏原本殘卷比對，其見於原本《玉篇》只有「啓、歡、嘗、龐、繪、嗟、記、輗、隄、垓」十字，且獨有「隄」字的古文「陡」，既見於原本《玉篇》，又見於宋修《玉篇》，因此可知至少有「隄」字古文「陡」，雖然同時見載於孫強《集字》與宋修《玉篇》，可是它是顧氏原有，非孫強增字。今這十字中，又只有「啓、輗」兩字古文，雖不見於原本《玉篇》殘卷，但見於孫強《集字》與宋修《玉篇》，因此，這兩個字極可能是孫強本所新增入的字。總之，我們只能零零碎碎地推知孫強增字本的一點增加字痕跡，孫強原本已不可見，實在不容易離析推究其增字的原貌。不過，經由上述，我們還可以了解孫強《集字》古文，並非全部收入宋修《玉篇》之中，所以清鄭珍認爲《汗簡》中的孫強古文，係郭忠恕採自孫強增字本《玉篇》的說法，恐不可盡信。[37] 而黃錫全認爲《汗簡》孫強《集字》，可能是「別有所集『古文』之專書」的見解，[38] 應該是較有根據的。

---

[37] 參見鄭珍《汗簡箋正》，p.21。

[38] 參見黃錫全《汗簡注釋》，p.50。

第三節　玉篇重修經過略述

有關宋本《玉篇》的重修情形。宋代史籍多未記載，只有少數如王堯臣《崇文總目》、王應麟《玉海》等少數公私著錄，略作說明而已。❶ 幸而今所見元明刊本《玉篇》，其卷首載有大中祥符六年九月廿八日的敕牒，從其中我們對重修的經過情形，可以有一些比較具體的了解，以下則以此牒文爲基礎，略述重修的經過。

一、重修緣起與目的

《玉篇》的重修，從牒文看來，是宋真宗下詔修纂的，敕牒一開始便載說：

> 都大提舉《玉篇》所狀：先奉敕命指揮差官校勘《玉篇》一部三十卷。

而牒文中又載領纂學士陳彭年等狀，其中也有「肅奉詔條，俾從詳閱」的話，可知校勘、詳閱是宋真宗的旨意。但重修的理由爲何呢？據牒文中陳彭年等狀說，是因爲「篇訓之文，歲月滋久，雖據經而垂範，終練字之未精」，因此真宗下詔校勘、詳閱，以期能將其中「訛謬者，悉加刊定，敷淺者，仍事討論。」大抵唐孫強增字本《玉篇》，流傳既久，文字漸失精當，所以要刊定訛誤，討論敷淺。其實，孫強增字

❶ 參見《崇文總目輯釋》，p.118，廣文書局印《書目續編》。

本固有輾轉流傳，「年久失修」的問題，但我們認爲更重要的是，北宋有字書與韻書相副施行，相互參稽的觀念與制度，這應該是《玉篇》重修的根本動力。大中祥符元年（1008），陳彭年、丘雍等完成重修《廣韻》，而《廣韻》的收字，據清張士俊澤存堂覆宋本卷首所載，計正文「凡二萬六千一百九十四字」，注文爲「一十九萬一千六百九十二字」，而孫強增字本《玉篇》，依敕牒後題記載「舊一十五萬八千六百四十一言」，可知該書連同注文，少於《廣韻》將近六萬字，顯然二者在收字跟內容，並不一致，不相參協，所以陳彭年繼續重修，以期二者能相當。今所見重修的《玉篇》，依敕牒後題記所載，全書含正文 22,520 字，爲「新二十萬九千七百七十言」，接近二十一萬字，與《廣韻》相去不遠，已頗爲相當，而且《廣韻》收字，依其卷首載爲 26,194 字，看似較重修《玉篇》爲多，其實《廣韻》係韻書，全書體例凡字有異音，則各於所屬韻紐兩見之，因此正文自然較《玉篇》爲多，而全書略多於《玉篇》也就不足爲奇了。

二、修纂官所

《玉篇》的重修事宜，依敕牒及《宋史·職官志》，應該由秘書省下的「玉篇所」負責修纂的。秘書省的職司是掌理古今經籍圖書、國史實錄、天文曆數的事。在秘書省下除了有集賢院、史館、昭文館等所謂的「三館」或稱「崇文院」以外，也會有一些「所」的編制，有的「所」是屬常設性的，如「日曆所」，有的則是臨時性任務編組的，如「會要所」，由於《玉篇》是宋真宗下詔重修，從大中祥符六年敕牒載「都大提舉玉篇所狀」一語看來，可見得當時爲了重修《玉篇》，在秘書省下也成了臨時編制的「玉篇所」，而「都大提舉」正是這個所的實際行政主官。這個官職，極有可能就是當時主管秘書省，擔任秘書監的陳彭年了。

至於領纂負責的學士，即是曾重修《廣韻》，當時官職爲「翰林學士右諫議大夫知制誥兼龍圖閣學士秘書監同修國史集賢殿修撰」的陳彭年。陳彭年其人，在《宋史》本傳裡載言嘗師事校定《說文》的徐鉉，從這個背景看來，他領銜重修《廣韻》、《玉篇》，應該是十分適宜。只是《宋史》論其爲人，以依附王欽若、丁謂而「溺志爵祿，甘爲小人之歸」，言頗不齒。❷ 不過他領銜重修《廣韻》、《玉篇》的時間，是真宗景德四年至大中祥符六年間，正是宋真宗沈溺於封禪之際，詳於典禮的陳彭年，在王欽若、丁謂的提攜下，大受重用，仕宦順達。

其次，協同陳彭年修纂的有吳銳與丘雍，二人官職較低，正史無傳，敕牒載二人當時官職，吳銳爲「屯田郎中史館校勘」，丘雍爲「主客員外郎直集賢院」，其實《玉篇》的重修，丘雍很可能是實際執行修纂事宜的官員，因爲他參與修纂字書、韻書的經歷最豐富，據陳振孫《直齋書錄解題》，丘雍曾在宋太宗雍熙年間修纂《禮部韻略》，❸ 此後，又與陳彭年重修《廣韻》、《玉篇》，由此可知他在北宋字書、韻書修纂中，是有著一席地位的。

三、成書時間

重修《玉篇》卷首載著真宗大中祥符六年九月二十八日的敕牒，從牒文可知在此牒之前，《玉篇》殆已重修完成，牒文一開始就載錄〈都大提舉玉篇所狀〉說：

---

❷ 參見《宋史．陳彭年傳》卷二八七，p.3711，藝文印書館武英殿本二十五史。

❸ 參見陳振孫《直齋書錄解題》，p.86，台灣商務印書館。

> **先奉敕命指揮差官校勘《玉篇》一部三十卷，近方了畢，遂裝寫淨本進呈，其進呈本今欲雕印頒行，伏乞特降指揮。**

從這都大提舉所上的狀文裡，很清楚地說到早先奉敕重修校勘《玉篇》，不過文中的「先」所指是何時？文獻不足徵也，無法明白，但時間的上限，總應該在《廣韻》重修完成之後，也就是大中祥符元年六月五日以後。到了大中祥符六年九月二十八日以前，《玉篇》重修完成，而且也謄寫了淨本進呈，請真宗下詔雕印頒行。在同敕牒裡也載陳彭年等的狀文，也說到吳銳、丘雍二人，「校勘《玉篇》一部三十卷，再看詳別無差誤，並得允當者。」並且「式就編聯，頗爲愜當」，所以奏請真宗說：「儻頒行於普率，庶上助於欽明事。」因此，也可以確知《玉篇》的重修，在這個時候，已經全部完成，接下來是請旨雕印頒行的事了。

第二章　玉篇俗字的名義與體例

第一節　俗字的名義

何謂俗字呢？所謂「俗字」是一種具有相對性、民間性、淺近性、時代性的通行字體。何謂相對性、民間性、淺近性、時代性呢？茲分述如下：

一、相對性

所謂相對性，也就是指俗字是一種相對於正字的字體。北齊顏之推《顏氏家訓·書證篇》云：

> 吾昔初看《說文》，蚩薄世字，從正則懼人不識，隨俗則意嫌其非，略是不得下筆也。❶

可見得顏之推視《說文》之字爲正字，而一般書寫非如《說文》者，則爲俗字，這裡已有文字正俗觀念的相對性。而潘師石禪於其《敦煌俗字譜·序》中，也曾言及正字、俗字其名義上的相對性，潘師云：

> 嘗試論之，語言文字，乃心靈思想之符號，人皆可以表

❶ 參見王利器《顏氏家訓》，p.516，中華書局。

> 達思想，亦皆可以創製文字。故《荀子・正名篇》云：「名無固宜，約之以命，約定俗成謂之宜，異於約則謂之不宜。」名即文字，約定即民意所公認，俗成即大眾所使用。文字經約定俗成，是為標準，謂之正字。正字既已通行，復有人詭更正文，斯為新造之俗字。❷

由此可知俗與正是相對立，必須先建立「正」的規範標準，才有所謂的「俗」，倘沒有「正」的規範標準，那麼「俗」的概念也就無法形成。

二、民間性

所謂民間性，也就是指俗字通常是流行於民間爲平民日常所使用的字體。郭在貽〈俗字研究與古籍整理〉一文說明俗字意義，一開始便指出俗字是民間流行的通俗字體，他說：

> 所謂俗字，是相對于正字而言的，正字是指得到官方認可的字體，俗字則是指在民間流行的通俗字體。❸

而蔣禮鴻〈中國俗文字學研究導言〉一文，也從《干祿字書・序》出發，指出在古代封建社會的觀念，俗字大多是平民日常所使用的不合法、不合規範的文字，他說：

> 在封建社會中，這種統治階級所使用的「正字」是被認

❷ 參見潘師重規《敦煌俗字譜》，p.1，石門圖書公司。

❸ 參見郭在貽《郭在貽語言文學論叢》，p.265，浙江古籍出版社。

> 為合法的、規範的。那麼，俗字者，就是不合六書條例的，大多是在平民中日常使用的，被認為不合法，不合規範的文字。❹

蔣禮鴻從統治者與平民的階級立場來解釋正字、俗字，這是否爲顏元孫《干祿字書·序》的本意，我們以爲還可以再討論，但蔣氏則指出俗字是具有民間性質，爲非官方的規範字體。

三、淺近性

所謂淺近性，是指俗字是一般民間所流行使用的簡率文字，其所使用的對象、範圍都是日常生活一些瑣碎的普通事務，與官方的正式文書、文人學士的高文典冊的正字不同，在構形上簡率而淺近，較不合於構造法則。顏元孫《干祿字書·序》把文字分成俗、通、正三類，在作分類說明時，則特別指出其淺近的性質，與通、正兩類不同，他說：

> 自改篆行隸，漸失本眞。若總據《説文》，便下筆多礙，當去泰去甚，使輕重合宜。具言俗、通、正三體。所謂俗者，例皆淺近，唯籍帳文案，卷契藥方，非涉雅言，用亦無爽，倘能改革，善不可加。所謂通者，相承久遠，可以施表奏牋啓，尺牘判狀，固免詆訶。所謂正者，並

---

❹ 參見蔣禮鴻《蔣禮鴻語言文字學論叢》，p.116，浙江古籍出版社。

有憑據，可以施著述文章，對策碑碣，將為允當。❺

文中俗字的「淺近」，當是相對正字的「有憑據」，而「有憑據」之意，蔣禮鴻以爲「實在是『總據《說文》』，就是說合於前人所認識的《說文》裡的六書條例。」❻ 其實未必盡是以《說文》爲本，余嘉錫《四庫提要辨證》則以爲：「凡所謂正者，並有憑據，或本《說文》，或本經典。」❼ 曾榮汾《干祿字書研究》分析該書中的正字，與《說文》比較後，歸納得三類：（1）所云正字與《說文》所載合者。（2）所云正字與《說文》所載不合者。（3）所云正字不見《說文》所載者。因此證明余氏所言頗爲可信。❽ 由此可知《干祿字書》的正字是「有憑據」，並不純然以《說文》爲根本，正如其序中所稱「若總據《說文》，便下筆多礙，當去泰去甚，使輕重合宜。」《干祿字書》的正字既是本之於《說文》、或經典、或其他可爲依據的典籍，而「淺近」的俗字，必然是無所憑據，往往在點畫之間，率意書寫，這些文字的使用，都是跟典正文雅的事務不相關涉，雖然「用亦無爽」，但是顏元孫仍以爲「倘能改革，善不可加」。

四、時代性

所謂時代性，是指任何一個時代，自有一個時代的俗字，古代 的「俗」，或可變爲今日的「正」，今日的「俗」，豈不知也可以變成

---

❺ 參見《干祿字書》十卷，p.2-3，藝文印書館百部叢書集成夷門廣牘本。

❻ 同注❹。

❼ 參見余嘉錫《四庫提要辨證》，p.106，藝文印書館《四庫全書總目》。

❽ 參見曾榮汾《干祿字書研究》，p.190-191，文化大學博士論文。

未來的「正」呢？所以說，古今無定時，正俗的觀念也無定時。清許瀚〈與王君菉友論說文或體俗體〉一文，即有「一時有一時之俗」的說法。❾ 清范寅《越諺·論雅俗字》裡，也指出這樣的觀念，他說：

> 天地生人物，人物生名義，名義生字，無俗之非雅，無雅不自俗也。……今之士人，字分雅俗，意謂前用者雅，近體者俗，俗雖確切，棄之；雅縱浮泛，僭之。夫士人下筆，豈可苟哉。然雅俗之分，在吐屬不在文字耳。今之雅，古之俗也；今之俗，後之雅也。與其雅而不達事情，孰若俗而洞中肯綮乎？❿

雖然范氏的雅俗，未必同等於我們所討論的正俗，但是隨時而遞變的俗字觀念，是完全正確的。

總之，具備與正字相對的相對性，流行於民間爲平民日常使用的民間性，構形簡率非規範而無所憑據的淺近性，及一時有一時觀念的時代性等四項性質的文字，我們便稱它爲「俗字」。

---

❾ 參見丁福保編，楊家駱合編《說文解字詁林正續合編》一冊，p.1086，鼎文書局。

❿ 參見范寅《越諺》卷下，p.21-22，東方文化書局民俗叢書本。

第二節　玉篇俗字的範圍

我們既已將「俗字」的名義作了如上的說明，能具備相對性、民間性、淺近性、時代性等四項性質的文字，我們視之爲「俗字」，顯然這樣的範圍是有某一種程度的限定。但近來有部分學者把俗字的範圍擴大，形成一種廣義的俗字概念，也就是把正字以外的字體，都視之爲俗字。如蔣禮鴻就曾指稱：「我們可以概括地說，區別於正字的異體字，都可以認爲是俗字。」❶ 而張涌泉《漢語俗字研究》更詳細地說道：

> 凡是區別於正字的異體字，都可以認為是俗字。俗字可以是簡化字，也可以是繁化字；可以是後起字，也可以是古體字。正俗的界限是隨著時代的變化而不斷變化的。❷

這樣大的範圍，顯然是從正字的相對性出發，它雖然也照顧了時代性，但是我們以爲這樣的概念，可能會忽略了俗字本身必須具備民間性與淺近性，因此是不是合理呢？恐怕值得再斟酌了。我們且依據他們的說法，以《說文》爲例來觀察，如果說《說文》的小篆爲代表一時的正字，而小篆以外的古文、籀文、或體、奇字、俗體則都得視爲俗字，其中的籀文，是屬周宣王時的規範字體，時代較小篆爲早，書體勻圓規整，較小篆詰屈繁重，但籀文的字形到了東周以下，漸漸

---

❶ 參見蔣禮鴻《蔣禮鴻語言文字學論叢》，p.117，浙江古籍出版社。

❷ 參見張涌泉《漢語俗字研究》，p.5，湖南岳麓書社。

不爲人們所使用，而將其形體簡省變易，變成小篆，後來許慎把跟小篆形體不同的籀文，載列在《說文》的小篆之下，顯然這原本就是極爲典重的官方規範文字，後來雖然很少再被使用，但在整個文字發展的形勢上，似乎不具備流行於民間爲平民日常使用的民間性，與構形簡率而無所憑據的淺近性，個人以爲是很難把它們視之爲「俗字」。更何況，《說文》本身也有許慎所認定的「俗體」，假若我們把小篆以外的字體都視爲「俗字」，那許慎的「俗體」要如何去解釋？會不會矛盾呢？所以，這恐怕得再思考。

同理，顏元孫《干祿字書》把文字分成俗、通、正三類，張涌泉以爲「通者就是承用已久的俗字」，❸這樣的說法，是張氏以自己的俗字爲正字相對性的觀念來說的，從顏元孫《干祿字書·序》看來，好像顏氏認爲「通」也是俗字，只是「承用已久」而已，但是問題的癥結就在「承用已久」，顏氏在這裡已經表明「一時有一時之俗」的觀念，換句話說，顏氏應是認爲「通」這類的字，在以前也許是被視爲俗字，但是在現在並不認爲是不登大雅之堂的，它可以用於表奏、牋啓、尺牘、判狀等類的公私文書上，它已漸漸失去了民間性與淺近性，已經不能算是「俗」字了，或許它還不是最典正的規範文字，但卻已脫離了「俗」字的範圍。顯然，顏氏的觀念，是不同於張氏的說法，因此，「一時有一時之俗」是很重要的，顏氏不認爲是「俗」的，我們自然不該以「俗」視之。所謂「名從主人」，我們在討論某一時代或某一著述的俗字範圍時，恐怕得考慮該時代或是該著述，其原本存在的觀念，才能獲致真正的意義。

綜上所論，本文在研究重修《玉篇》的俗字，自然無法把俗字的範圍定在凡是正字以外的異體字就是俗字，這樣會發生如同蔣、張二

---

❸ 同注❷，p.1。

氏，把不屬於俗字性質的文字，也囊括其中。因此，我們將僅就《玉篇》認定爲俗字的觀念爲觀念，《玉篇》確定爲俗字的範圍爲範圍。雖然俗字與正字具有其相對性，但這不是構成俗字的單一特性，而我們也認爲正字與俗字，並非二分法的對立性，在它們之間，還可以容許有其他類型的字體介於其中的。總之，本文的俗字研究，純以重修《玉篇》中注明「俗」的範圍，此外，我們都不視爲「俗字」。

第三節　玉篇俗字的體例

一、俗字體例的類型

整理重修《玉篇》全書所指稱爲俗字，總共有220條字例（參見附表一），其中除縣（懸）、僁（愆）、床（牀）、穤（稬）、弊（獘）、准（準）、剪（翦）七個俗字，是屬於一字而同時見於兩處的情形，及餅飦（飯）、躰軆（體）是同條而並列兩個俗字的情形之外，總計《玉篇》的俗字，共有215個單字。我們整理《玉篇》說明爲俗字的體例，凡21種類型，今逐一載列舉例如下：

1. **某…某，同上，俗。**共71條，例如：

珍…珎，同上，俗；㬶…㬮，同上，俗；備…偹，同上，俗；

低…仾，同上，俗；軀…躯，同上，俗；姦…姧，同上，俗；

顧…頋，同上，俗；豔…艳，同上，俗；臭…臰，同上，俗；

蕺…䕸，同上，俗；覓…覔，同上，俗；聰…聡，同上，俗；

拕…拖，同上，俗；揔…捴，同上，俗；脃…脆，同上，俗；

怪…恠，同上，俗；愆…僁，同上，俗；惡…悪，同上，俗；

診…訮，同上，俗；器…噐，同上，俗；飾…餝，同上，俗；

儔…㑹，同上，俗；夒…𡕥，同上，俗；趁…趂，同上，俗；

迱…迤，同上，俗；宦…宎，同上，俗；閉…閇，同上，俗；

閺…閿，同上，俗；窸…窸，同上，俗；窔…突，同上，俗；

枏…楠，同上，俗；椶…椬，同上，俗；榼…榼，同上，俗；

牀…床，同上，俗；鬱…欝，同上，俗；虋…虋，同上，俗；

薊…葪，同上，俗；蔥…葱，同上，俗；蘘…蘘，同上，俗；

麥…麦，同上，俗；稬…穤，同上，俗；糒…糒，同上，俗；

粎…粱，同上，俗；糉…粽，同上，俗；敝…弊，同上，俗；

鹽…塩，同上，俗；鼜…鼜，同上，俗；矢…矢，同上，俗；

斷…断，同上，俗；沱…沲，同上，俗；沴…沵，同上，俗；

沈…沉，同上，俗；濟…済，同上，俗；淚…淚，同上，俗；

澀…澁，同上，俗；霸…覇，同上，俗；臘…臈，同上，俗；

驅…駈，同上，俗；駝…駞，同上，俗；羖…羖，同上，俗；

猨…猿，同上，俗；鮀…鮀，同上，俗；蛹…蛹，同上，俗；

繭…璽，同上，俗；繩…縄，同上，俗；綴…綴，同上，俗；

繼…継，同上，俗；襦…襦，同上，俗；孺…孺，同上，俗；

醯…醯，同上，俗；酡…酡，同上，俗。

2. **某，俗某字**。共55條，例如：

疅，俗疆字；攴，俗攀字；躭，俗耽字；娉，俗聘字；

職，俗職字；聃，俗聃字；艷，俗豔字；耶，俗邪字；

咲，俗笑字；扎，俗札字；拚，俗析字；弊，俗獘字；

膳，俗嗜字；夌，俗陵字；効，俗效字；懶，俗孏字；

憗，俗赧字；詧，俗辯字；启，俗豚字；蒂，俗帶字；

笏，俗筋字；箒，俗帚字；笑，俗矢字；麩，俗麩字；
麯，俗麴字；麹，俗黏字；稜，俗棱字；粃，俗秕字；
糠，俗穅字；糯，俗稬字；臿，俗臿字；黽，俗黽字；
劏，俗劙字；剆，俗列字；剪，俗翦字；肇，俗肈字；
万，俗萬字；潔，俗絜字；准，俗準字；况，俗況字；
冲，俗沖字；决，俗決字；减，俗減字；凉，俗涼字；
床，俗牀字；厄，俗戹字；砂，俗沙字；豸，俗豸字；
麃，俗麅字；鷰，俗燕字；鱉，俗鼈字；螚，俗能字；
蠒，俗繭字；蝪，俗蠰字；醎，俗鹹字。

3. **某，俗作某**。共44條，例如：

祗，俗作衹；坻，俗作坘；堧，俗作壖；鄒，俗作鄒；
鄽，俗作廛；俊，俗作儁；眄，俗作眄；齔，俗作齓；
扰，俗作扰；搊，俗作搊；爲，俗作為；叔，俗作埱；
胆，俗作蛆；晉，俗作㬜；詑，俗作訑；虧，俗作虧；
款，俗作欵；害，俗作害；屬，俗作属；桑，俗作桒；
蒜，俗作蒜；芻，俗作蒭；叢，俗作蘗；雝，俗作雝；
亨，俗作享；罕，俗做罕；豐，俗作豊；所，俗作所；
刀，俗作刁；軫，俗作軫；泜，俗作沍；準，俗作准；
沍，俗作冱；赧，俗作赦；尢，俗作尣；岡，俗作崗；
奘，俗作弊；隸，俗作隸；貓，俗作猫；蝱，俗作宝；
翦，俗作剪；袉，俗作袘；卻，俗作却；晝，俗作晝。

4. **某……某，俗**。共14條。例如：

疢…疭，俗；桼…柒，俗；來…来，俗；斗…㪷，俗；
鐵…鐡，俗；鎖…鏁，俗；輭…軟，俗；氛…氳，俗；
㬥…曝，俗；怱…忩，俗；廄…廐，俗；賫…賷，俗；
皺…皺，俗；豎…竪，俗。

5. **某，正作某**。共11條，例如：

垺，正作郛；墜，正作隧；墻，正作牆；塚，正作冢；
嚙，正作齧；呧，正作詆；踹，正作腨；芟，正作殳；
奈，正作柰；虵，正作蛇；纏，正作韁。

6. **某，本作某**。共3條，例如：

懸，本作縣；胃，本作冃；从，本作從。

7. **某，俗又作某**。共3條，例如：

婈，俗又作嫂；恪，俗又作愘；戻，俗又作屎。

8. **某，俗為某**。共2條，例如：

菌，俗為屎；棗，俗為棗。

9. **某，俗為某某字**。共2條，例如：

閬，俗為門限字；燃，俗為燒然字。

10.　某，某某，俗從某。共2條，例如：

䨹，豐隆，俗從雨；䳕，烏菟，俗從虎。

11.　某，俗以某某作某。共2條，例如：

瑙，俗以碼磁作瑙；玳，俗以瑇瑁作玳。

12.　某，某某，正作某。共2條，例如：

瑯，瑯琊，正作琅；琊，瑯琊，正作邪。

13.　某…某，上同，俗。共1條，例如：

鬬…鬭，上同，俗。❶

14.　某，俗某某字。共1條，例如：

巖，俗嚴凝字。

15.　某，某某，俗作某。共1條，例如：

鏕，鉅鹿，俗作鏕。

---

❶「鬬、鬭」二字，均在《玉篇．鬥部》，明宗文堂本或清澤存堂覆宋本《玉篇》，在〈鬥部〉中，除了「鬥」字之外，其餘諸字偏旁均从「鬥」，《玉篇》在「鬥」字下云：「都豆切，从兩士相對，兵仗在後，象鬥之形，今作鬥同。」而《廣韻》在「鬥」字下注：「凡從鬥者，今與鬥戶字同。」可見「鬥」作「門」形，是當時通行的寫法，蓋「鬥」、「門」偏旁不同，但形體相通。

16. **某，正從某**。共1條，例如：

髖，正从骨。

17. **某，俗呼某爲某**。共1條，例如：

個，俗呼个爲個。

18. **某，今俗作某**。共1條，例如：

縣，今俗作懸。

19. **某，俗亦爲某字**。共1條，例如：

咬，俗亦爲齩字。

20. **某…某某，並同上，俗**。共1條，例如：

飯…餅飰，並同上，俗。

21. **某某，並俗某字**。共1條，例如：

躰體，並俗體字。

雖然體例的類型有如上的21種之多，但事實上，前面的1、2、3、4、5等五種類型，可以說是《玉篇》標示爲俗字的主要方式，總計這五種類型的例子，就高達195條，佔全部俗字條近90% ，其餘零零星星，有的是跟前面五種的體例極爲相似，例如第7、8、18、19四種類型，跟第3類型似；第13類型跟第1類型相似，第6類型跟第5類型相似。另外，除了第16類型，是從偏旁來說明俗字與正字間的差異之外，還有一些體例，則專門從方言、語詞的角度，來說明該語詞的俗字，例如第9、10、11、12、14、15諸類型。像第9類型的：「閬，俗爲門限字」、「燃，俗爲燒然字」，所指「閬」爲「限」的俗字，「燃」爲「然」的俗字，只限定在作「門限」、「燒然」這樣的語詞使用，「閬」、「燃」它們的詞義範圍，並不與「限」、「然」相同。又像第10類型的：「霳，豐隆，俗從雨」、「虪，烏菟，俗從虎」，所指「霳」爲「隆」的俗字，「虪」爲「烏」的俗字，這也是限定「霳」在作雷師「豐隆」，及楚人呼虎爲「烏菟」時作爲俗字，「霳」「虪」基本上並不與「隆」「烏」的詞義範圍相同。再者，第11類型的：「瑙，俗以碼碯作瑙」、「玳，俗以瑇瑁作玳」，也是以「瑙」爲「碯」的俗字，「玳」爲「瑇」的俗字，而「碼碯」即「瑪瑙」，《集韻》云:「石之次玉」，「瑇瑁」，《異物志》云：「瑇瑁如龜，生南海」，二者均是聯綿詞。其次第12類型：「瑯，瑯琊，正作琅」、「琊，瑯琊，正作邪」，則是以「瑯琊」爲「琅邪」的俗字，「琅邪」爲秦朝所置郡名，約今山東諸城縣治，其亦爲聯綿詞。而第14類型的：「巖，俗嚴凝字」，所指「巖」爲「嚴」的俗字，特別是用於「嚴凝」這個詞語上，但「嚴」與「巖」的詞意範圍不同。又如第15類型的：「鏕，鉅鹿，俗作鏕」，所指「鏕」爲「鹿」的俗字，「鉅鹿」秦朝時也置郡，在今河北平鄉縣治，也只是在作地名時稱爲俗字，而「鏕」與「鹿」的意義範圍不同。至於第20、21這兩類型，則是專門說明在同一條字條下，同時載列了兩個俗字的情形。像「飰、飯」同是「飯」的俗字，《玉篇》則以「飯……飰飯，並同上，俗」的體例說明。又像「躰、軆」同是「體」的俗字，《玉篇》則以「躰軆，並俗體字」的體例說明，但同樣是一字二俗的情形，爲何《玉篇》只有兩條，卻是兩條體例呢？這跟我們下一小節要說的載列方式有關，前者是因爲正字「飯」與俗字「餅飰」同屬〈食部〉，而俗字「躰、軆」跟它們的正字「體」，一在〈身部〉，一在〈骨部〉，部首不同。

二、俗字載列的方式

觀察《玉篇》俗字載列的方式，雖有21種體例，總括說來，不外正文載列與注文載列兩種，所謂「正文載列」是指俗字的字形直接載列在正文諸字的行列中，而於注文中說明爲俗。所謂「注文載列」是指俗字的字形與說明，未必見於正文，只在注文中載列說明，茲分述如下：

（一）正文載列

在上一小節的21條體例裡，絕大多數都是屬正文載列的方式，其包括第1、2、4、5、6、9、10、11、12、13、14、15、16、17、19、20、21等十七種類型。而這十七種類型中，有1、4、13、20等四種類型，是直接載列在正字之下，而與正字同一字條，這種情形，自然俗字跟它的正字是同一部首字次。例如:「珍……珎，同上，俗」，「珍、珎」同在〈玉部〉；「疢……疢，俗」，「疢、疢」同在〈疒部〉；「鬬……鬦，上同，俗」，「鬬、鬦」同在〈鬥部〉等。至於這四種類型以外的其他類型，正字與俗字就不一定同部首了，例如:「畺，俗疆字」，「畺」屬〈田部〉，「疆」屬〈土部〉，二者部首不同；「攀，俗攀字」，「攀」屬〈人部〉，而「攀」屬〈手部〉，二者部首不同；又如「垀，正做郛」，「垀」屬〈土部〉，「郛」屬

〈邑部〉，二者部首不同；「䄾，本作曰」，「䄾」屬〈衣部〉，「曰」屬〈曰部〉，二者部首不同。再者，例如「麫，俗麩字」、「麯，俗麴字」，而「麫、麩、麯、麴」四個字都屬於〈麥部〉。

（二）注文載列

在21條的體例之中，第3、7、8、18等四種類型，其俗字是載列於注文之中，例如：「祗，俗作袛」、「坻，俗作坧」、「菡，俗爲屎」、「棗，俗爲枣」、「恪，俗又作愘」、「縣，今俗作懸」等等，不過，大部分載列於注文中的俗字，原則上是不再載列於正文之中，像上述的「袛、坧、枣、愘」等，僅有少部分的俗字反之，如「屎」字，亦見於〈尸部〉下云:「屎，許夷切，呻也。」「懸」字，又見於〈心部〉下云:「懸，戶涓切，掛也，本作縣。」❷ 另外，還有像「翦，俗作剪」、「準，俗作准」，也同時見於第2類型中，作「剪，俗翦字」、「准，俗準字」，也是把注文中的俗字，互見於正文，爲何會有載列於注文中的俗字大多不見於正文，而有少數注文的俗字見於正文的情形呢?照理只見於注文不見於正文的俗字，很可能是有意避俗，這類的俗字，能不用就儘量不用。少數又見於正文的，如「屎」字，是正文「屎」別有音義，與俗字的義項不同，而「懸、剪、准」諸字，從今日已成爲常用字的情形看來，恐在宋時也已通行，所以雖是俗字，但用了也無妨，因此又載列於正文之中了。

---

❷ 澤存堂本〈心部〉下正文「懸」作「縣」，誤也，明宗文堂本作「懸」，今據正。

表一：《玉篇》俗字表

＊ 本表係依據張士俊澤存堂本。

編號	部首	俗字	正字	卷	頁	行
001	示	祬	祇	一	六背	一
002	玉	珎	珍	一	九正	八
003	玉	瑯	琅	一	十一正	七
004	玉	琊	邪	一	十一正	七
005	玉	瑙	碯	一	十一背	三
006	玉	玳	瑇	一	十一背	三
007	土	坘	坻	二	十三正	九
008	土	壖	堧	二	十五背	九
009	土	垺	郛	二	十六正	八
010	土	⿰土遂	隧	二	十六背	五
011	土	墻	牆	二	十六背	八
012	土	塚	冢	二	十七正	三
013	田	⿰田需	⿰田耎	二	十七背	五
014	田	疅	疆	二	十八背	一
015	邑	邽	鄒	二	二十一背	二
016	邑	⿰厘阝	鄽	二	二十二背	十
017	人	雋	儁	三	二十四正	九
018	備	俻	備	三	二十五正	九

編號	部首	俗字	正字	卷	頁	行
019	人	佤	低	三	二十九正	三
020	人	个	個	三	三十背	七
021	人	伆	攀	三	三十背	九
022	身	躯	軀	三	三十一背	八
023	身	躭	耽	三	三十一背	十
024	身	𨉷	聘	三	三十一背	十
025	身	軄	職	三	三十二正	二
026	身	軆	體	三	三十二正	二
027	身	躰	體	三	三十二正	二
028	身	𨈶	耼	三	三十二正	二
029	女	姧	姦	三	三十四背	八
030	女	嫂	𡟭	三	三十五背	四
031	頁	頋	顧	四	三十八正	七
032	県	懸	縣	四	四十正	十
033	色	艳	艶	四	四十一正	一
034	色	艷	豔	四	四十一正	三
035	自	臯	臭	四	四十一背	六
036	目	𥌓	蔑	四	四十三正	三
037	目	𥄎	眄	四	四十三正	八
038	見	覔	覓	四	四十六正	五
039	耳	聡	聰	四	四十七正	二
040	耳	耶	邪	四	四十七背	十
041	口	咲	笑	五	五十二正	三

編號	部首	俗字	正字	卷	頁	行
042	口	咬	齩	五	五十二背	五
043	口	嚙	齩	五	五十三正	七
044	口	呧	詆	五	五十三正	八
045	齒	齓	齔	五	五十四背	一
046	手	拖	拕	六	六十背	六
047	手	捴	揔	六	六十一正	二
048	手	抸	扰	六	六十二正	七
049	手	掐	搯	六	六十三正	二
050	手	扎	札	六	六十三背	八
051	手	折	析	六	六十四正	三
052	廾	弊	獘	六	六十四正	九
053	爪	為	爲	六	六十四背	六
054	鬥	鬪	鬭	六	六十四背	十
055	又	𡬶	叔	六	六十五正	十
056	足	踹	腨	七	六十七背	七
057	肉	脆	脃	七	七十一背	二
058	肉	蛆	胆	七	七十一背	五
059	肉	臆	𩪿	七	七十二背	五
060	肉	腊	嗜	七	七十三正	五
061	力	勎	陵	七	七十四背	十
062	力	効	效	七	七十五正	五
063	心	恠	怪	八	七十八正	六
064	心	懶	嬾	八	七十八背	七

編號	部首	俗字	正字	卷	頁	行
065	心	怯	恪	八	七十九背	五
066	心	僁	愆	八	八十正	六
067	心	悪	惡	八	八十正	六
068	心	慹	赧	八	八十正	九
069	言	僁	諐	九	八十三背	十
070	言	訑	詑	九	八十四正	二
071	言	𧦝	診	九	八十五正	八
072	言	𧬊	辯	九	八十七正	九
073	亏	䖓	虧	九	八十八正	七
074	㗊	噐	器	九	八十九背	二
075	欠	欵	款	九	九十正	一
076	食	餅	飯	九	九十一正	十
077	食	飰	飯	九	九十一正	十
078	食	餝	飾	九	九十二背	十
079	彳	得	㝵	十	九十四正	六
080	攴	夓	夔	十	九十五背	八
081	走	趂	趁	十	九十六正	七
082	辵	迤	迱	十	九十九背	四
083	宀	实	宧	十一	三背	五
084	宀	害	害	十一	四背	三
085	門	閅	閉	十一	五背	四
086	門	閿	闅	十一	六正	一
087	門	閬	限	十一	六正	九

編號	部首	俗字	正字	卷	頁	行
088	尸	启	豚	十一	七正	九
089	尾	属	屬	十一	七背	一
090	疒	痳	痰	十一	八背	八
091	穴	窓	窻	十一	十二正	十
092	穴	突	窔	十一	十二背	七
093	木	楠	枏	十二	十四正	二
094	木	楦	楥	十二	十八正	三
095	木	榅	榲	十二	二十正	二
096	木	床	牀	十二	二十二正	七
097	林	欝	鬱	十二	二十二背	六
098	叒	桒	桑	十二	二十三正	一
099	艸	豐	蘴	十三	二十三背	一
100	艸	葪	薊	十三	二十三背	六
101	艸	蒊	葱	十三	二十四正	四
102	艸	蒜	蒜	十三	二十五背	五
103	艸	葰	夋	十三	二十六背	四
104	艸	蔕	帚	十三	二十七正	五
105	艸	屎	菡	十三	二十七正	七
106	艸	蒭	芻	十三	二十九正	二
107	艸	蕠	藂	十三	三十一正	九
108	竹	觔	筋	十四	三十七背	五
109	竹	箒	帚	十四	三十八正	六
110	竹	笶	矢	十四	三十八背	三

編號	部首	俗字	正字	卷	頁	行
111	桼	柒	桼	十四	四十正	五
112	丵	藂	叢	十四	四十正	七
113	朿	𣗥	棗	十四	四十背	五
114	韭	薤	韰	十四	四十一正	六
115	來	来	來	十四	四十一背	四
116	麥	麦	麥	十五	四十二正	六
117	麥	䴸	麩	十五	四十二背	三
118	麥	麯	麴	十五	四十二背	四
119	麥	䴴	黏	十五	四十二背	七
120	禾	穤	稉	十五	四十三正	五
121	禾	稜	稜	十五	四十四正	八
122	米	糣	糒	十五	四十六正	三
123	米	粃	秕	十五	四十六正	五
124	米	粊	敉	十五	四十六正	七
125	米	糠	穅	十五	四十六正	九
126	米	粽	糉	十五	四十六背	三
127	米	糯	稉	十五	四十六背	六
128	臼	𦦝	臿	十五	四十七正	五
129	亯	享	亨	十五	四十七背	五
130	㡀	弊	敝	十五	四十八正	九
131	网	罕	罕	十五	四十八背	三
132	网	罨	罨	十五	四十九正	一
133	鹽	塩	鹽	十五	五十正	二

編號	部首	俗字	正字	卷	頁	行
134	鼓	[illegible]	鼜	十六	五十一背	八
135	豐	豊	豐	十六	五十二正	七
136	斗	㪷	斗	十六	五十四正	七
137	矢	[illegible]	矢	十七	五十六正	五
138	斤	㪽	所	十七	五十七正	九
139	斤	断	斷	十七	五十七正	九
140	刀	刁	刀	十七	五十八背	五
141	刀	割	[illegible]	十七	六十正	四
142	刀	㓹	列	十七	六十正	四
143	刀	剪	翦	十七	六十正	六
144	金	鑯	鐵	十八	六十一正	二
145	金	鏕	鹿	十八	六十正	九
146	金	鏁	鎖	十八	六十三背	六
147	攴	肇	肈	十八	六十五正	六
148	車	[illegible]	軫	十八	六十七背	十
149	車	軟	輭	十八	六十九正	八
150	方	万	萬	十八	七十背	四
151	水	沲	沱	十九	七十背	九
152	水	沵	沴	十九	七十一背	十
153	水	沉	沈	十九	七十三正	三
154	水	沍	泜	十九	七十四正	八
155	水	済	濟	十九	七十四正	九
156	水	准	準	十九	七十五正	六

編號	部首	俗字	正字	卷	頁	行
157	水	淥	淚	十九	七十六正	六
158	水	澁	澀	十九	七十九背	八
159	冫	汙	冱	二十	八十一背	七
160	冫	潔	絜	二十	八十一背	八
161	冫	⿰氵嚴	嚴	二十	八十一背	八
162	冫	准	準	二十	八十一背	九
163	冫	況	況	二十	八十一背	九
164	冫	冲	沖	二十	八十一背	九
165	冫	决	決	二十	八十一背	九
166	冫	减	減	二十	八十一背	九
167	冫	凉	涼	二十	八十一背	九
168	雨	⿱雨隆	隆	二十	八十二背	十
169	气	⿹气盆	氛	二十	八十五正	八
170	日	曝	㬥	二十	八十六正	四
171	月	⿱覀月	霸	二十	八十八正	一
172	月	臈	臘	二十	八十八正	四
173	大	奈	柰	二十一	六正	二
174	火	燃	然	二十一	六正	八
175	囪	忩	怱	二十一	九正	七
176	赤	⿰赤皮	赧	二十一	十正	八
177	尢	尣	尢	二十一	十背	十
178	山	崗	岡	二十二	十二正	九
179	广	廐	廄	二十二	十五正	六

編號	部首	俗字	正字	卷	頁	行
180	广	床	牀	二十二	十六正	一
181	厂	厄	戹	二十二	十七正	二
182	石	砂	沙	二十二	十九正	一
183	馬	駈	驅	二十三	二十三正	九
184	馬	駞	駝	二十三	二十三正	十
185	羊	𦍩	羖	二十三	二十六背	一
186	犬	弊	獘	二十三	二十八正	四
187	犬	猿	猨	二十三	二十八正	八
188	犬	𤞞	豸	二十三	二十九正	四
189	㣇	肆	𢑚	二十三	三十正	八
190	虎	鷉	烏	二十三	三十二正	五
191	虎	䖘	虘	二十三	三十二正	六
192	豸	猫	貓	二十三	三十二背	五
193	燕	𦽛	燕	二十四	三十三背	一
194	魚	䰳	鮀	二十四	四十正	八
195	魚	鼈	鱉	二十四	四十一正	二
196	虫	𧎫	蛹	二十五	四十二正	五
197	虫	螚	能	二十五	四十五背	三
198	虫	蠒	繭	二十五	四十五背	四
199	虫	虵	蛇	二十五	四十六正	一
200	虫	蝅	蠶	二十五	四十六正	三
201	虫	蝪	蠰	二十五	四十六背	二
202	虫	虿	蠆	二十五	四十六背	八

編號	部首	俗字	正字	卷	頁	行
203	貝	�	賫	二十五	四十八正	一
204	羽	剪	翦	二十六	五十正	四
205	皮	皷	皺	二十六	五十三正	一
206	糸	繩	繩	二十七	五十七正	二
207	糸	緢	緆	二十七	五十八正	三
208	糸	継	繼	二十七	五十八正	八
209	糸	纗	轠	二十七	五十九背	七
210	衣	裧	袉	二十八	六十三正	二
211	衣	褠	襦	二十八	六十三正	七
212	衣	褶	冃	二十八	六十四正	九
213	卩	却	卻	二十八	六十五背	二
214	从	从	從	二十九	六十七背	三
215	書	畵	畫	二十九	六十八背	二
216	臤	竪	豎	二十九	六十八背	七
217	子	孺	孺	三十	七十五背	七
218	酉	醢	醢	三十	七十八正	四
219	酉	酡	酡	三十	七十八正	五
220	酉	醎	鹹	三十	七十八正	六

第三章　玉篇俗字衍變探析

在重修《玉篇》，兩見俗字之外的215個俗字裡，分析其衍變生成的方式，歸納可以有：簡省、增繁、遞換、訛變、複生五種，以下各節，將以五種衍變方式分類，逐一舉例探析。

第一節　簡省

所謂簡省，是指簡省正字的形體，以變成俗字的一種衍變方式。在《玉篇》中，由簡省以成俗字的方式，經仔細地分析，還可以再分成：省形與省聲兩類，今分別舉例說明如下：

一、省形

「省形」是指直接簡省正字的偏旁或形符部件，以形成俗字的方式。這種方式大體不改變正字形構爲原則，其字例有9個：❶

从（從）、虻（蝱）、凉（涼）、减（減）、决（決）、
冲（沖）、况（況）、為（爲）、齓（齔）。

---

❶ 括弧內是正字，下同。

在這些字例裡，凉、减、决、冲、况、䖟、徔諸字，可以說是偏旁的簡省，或氵省作冫，如減字，俗省作减，早在漢簡帛文字裡便是作 漢帛書、 居延漢簡。❷ 或䖵省作虫，如蝱俗作䖟，其實省䖵爲虫的字例，早見於《說文》。例如蠭或作螽，蠢或作蚤，因此蝱省作䖟則亦是先秦普遍現象。或辵作彳，如從《說文》釋從形構爲从从辵，而俗作徔，則是辵省作彳，辵彳的相通，早見於古文字裡，如邊、通，周金文作 盂鼎、 衛鼎。又如逢侯馬盟書作 。❸ 至於爲俗作為，是爲所从的爫省作丷，並與爲的部件結合作為，爲字從古文字觀之，如殷商甲骨作 前五.三〇.四，金文、玉石文字作 昌鼎、 石鼓文，❹ 則是像以手牽象，服象以助役的樣子，所以爲字上的爫，就是象爪形，而从爪之爲至漢則漸變作 銀雀山漢簡，又作 居延漢簡，由此可以明顯地看出爲簡省作為的情形。因此爲可以視爲偏旁的簡省。還有俗齓字，正字作齔，《說文》釋其形構作「从齒匕」，匕爲變化的意思，而今俗作齓，所从乚是由匕簡省而來。

二、省聲

「省聲」是指簡省正字的聲符部件，以形成俗字的方式。其字例有5個：

鄽（鄽）、旴（眄）、譐（得）、害（害）、澁（澀）。

---

❷ 參見陳建貢、徐敏編《簡牘帛書字典》，p.496，上海書畫出版社。

❸ 參見徐中舒主編《漢語古文字字形表》，p.62，文史哲出版社。

❹ 同注❸。

在這5個字例裡，郾是省鄽字聲符廛作厘，盵是省眄字聲符丏作丂，它們大抵是省聲符的部分形體。徥字則是簡省徣字聲符徥所从言的偏旁。害則爲簡省害所从丰聲作土，其俗簡的情形很早，在戰國末秦初的睡虎地秦簡裡就省作害 法一.十一例，❺ 與此俗字相同。至於澁是省澀的聲符歰爲歮，歰，《說文》釋形作「从四止」，所以俗字省四止爲三止。

❺ 參見張守中撰集《睡虎地秦簡文字編》，p.117，文物出版社。

第二節　增繁

所謂增繁，是指增繁正字的形體，以變成俗字的一種衍變方式。在《玉篇》中，以增繁而成俗字的方式，依其形構可再分成：增形與增聲兩類，茲分別舉例說明如下：

一、增形

「增形」是指增繁正字的偏旁或形符部件，而形成俗字的方式，其字例有21個：

塚（冢）、懸（縣）、唉（笑）、莈（殳）、蒂（帚）、
蒳（芻）、箒（帚）、笑（矢）、奮（臿）、弊（敝）、
斗（斗）、鏕（鹿）、潔（絜）、巖（嚴）、霳（隆）、
曝（暴）、燃（然）、崗（岡）、豨（豕）、鴟（烏）、
螚（能）。

在上列的諸字之中，有的偏旁形符的增繁，是受到單字意義影響而增繁，有的則是受詞彙意義影響而增繁。

（一）受單字意義影響而增繁

1、增加偏旁形符以加強表意的功能。例如塚字，從正字冢增加土的偏旁，以表示土墳。其實，冢在《說文》裡，已釋形義為「高墳也，从勹豖聲。」但可能字形本身並未充分顯示土墳的意象，而增繁

土旁。又如咲字，從正字笑增加口旁，以表示以口喜笑。但《說文》釋笑云：「喜也，从竹从犬。」已是完整的形義，而俗字則再增繁口旁。其他如叜之俗作蓌，芻之俗作蒭，臿之俗作奞，岡之俗作崗，豸之俗作貑，能俗作熊，應皆屬此類型。

2、增加偏旁以顯示其性質材料。例如菷、箒二字，都是正字帚增加艸旁、竹旁而來，以表示掃地的器具是以藜草或竹子等植物編製而成。其他如矢增竹作笶，斗增豆作㪷，可以說都屬此類型。

3、增加偏旁以顯示意義的轉移。例如縣字增加心旁，以表示懸掛的意思。其實，縣本來就是懸繫的意思，《說文》：「縣，繫也，从系持県。」但從秦漢以來實施郡縣制度，縣字又作州縣、郡縣，秦漢之際，縣字同時通行有州縣、懸掛的意義，至魏時則衍變懸字，如〈上尊號奏〉云：「民命之懸於魏邦」，懸掛的縣已增加心的偏旁，不過《玉篇》猶視爲俗字。再如暴增加日的偏旁，以作曝曬之意。暴，其實本是曝曬之意，《說文》：「㬥（隸變即暴），晞也，从日出廾米。」然而㬥字隸變，後與暴字訛變相同，都作暴，於是暴有二音二義，因而曝曬的暴字衍變增加日旁，有意義轉移區分的用意。又如然增加火旁，以爲燃燒的意思。然字，《說文》釋云：「燒也，从火肰聲。」所以然本義就是燃燒，然而然字通常已借爲虛詞使用，因此增加火旁以區別燃燒之義。

其他如敝俗字增廾的偏旁作弊，仔細推求，弊應是衍變自獘字，《說文》釋敝爲「帗也，一曰敗衣」，釋獘爲「頓仆也」，而《說文》無弊字，所以這些字的衍變路徑，應作：敝→獘→弊，弊應是獘的訛變，不過就此弊以敝爲正字的關係來看，則是增繁廾的偏旁。又如絜俗字增冫的偏旁作㓗，考㓗應是直接從潔簡省而來。先秦典籍潔淨均作絜，如《禮記·鄉飲酒義》：「主人之所以自絜」，鄭注：「絜猶清也」，❶《廣雅・釋言》：「絜，靜也。」❷今《說文》、《玉篇》無潔字，然《隸釋》載〈祝睦後碑〉：「躬潔冰雪」作潔，❸所以在漢時已衍變潔字。徐鉉《說文新附》也載錄：「潔，瀞也，从水絜聲。」❹因此潔字之衍變，應是：絜→潔→潔。若就潔字而言，潔爲簡省，但《玉篇》以絜爲正字，並無潔字，則潔就絜而言，實屬增繁。

（二）受詞彙意義影響而增繁

在漢字的衍化過程中，漢字增繁或簡省的衍化，有時容易受到詞彙意義的影響。在上列諸字例中，有4個字例，是屬於受詞彙意義影響而增繁形體偏旁的情形。

1、鏕（鹿） 鹿俗作鏕，《玉篇》云：「鏕，力木切，鉅鹿鄉名，俗作鏕。」這裡所指「俗作鏕」只限定在作「鉅鹿鄉名」時，而非所有的鹿字。作鏕从金旁，就是受「鉅鹿」這詞彙中「鉅」字从金旁的影響。考鏕字之俗，早在東漢〈尹宙碑〉：「分趙地爲鉅鏕」，就已作鏕了。❺

2、巖（嚴） 嚴俗作巖，《玉篇》：「巖，音嚴，俗嚴凝字。」嚴字本義，《說文》云：「教命急也」，後引申爲天氣酷寒凜冽之意。《楚辭・九辯》云：「冬又申之以嚴霜」❻所以張自烈《正字通》釋

---

❶ 參見《禮記正義》，p.1004，藝文印書館印十三經注疏本。

❷ 參見徐復《廣雅詁林》，p.377。

❸ 參見洪适《隸釋》，p.84，中華書局。

❹ 參見《宋刊本・唐寫本說文解字》，p.390，華世出版社。

❺ 參見王昶《金石萃編》卷十七，p.307，台聯國風出版社。

❻ 參見洪興祖《楚辭補註》卷八，p.305，藝文印書館。

云:「寒氣凜冽曰嚴」。❼除了嚴字的引申義有酷寒凜冽的意義之外，𰛮字所以从冫，還是受「嚴凝」這詞彙的影響，蓋凝字从冫，指水凝結成冰，所以《集韻·嚴韻》亦云：「𰛮凝，寒也。」❽

3、霳（隆）　霳爲隆字之俗，《玉篇》云：「力中切，豐隆，雷師，俗從雨。」考「豐隆雷師」，《淮南子·天文》云：「季春三月，豐隆乃出，以將其雨。」注：「豐隆，雷也。」❾由於豐隆爲雷神，其出則將雨，因此作豐隆時，隆俗字从雨旁作霳。

4、虪（烏）　虪爲烏的俗字，《玉篇》云：「虪，音烏，楚人呼虎爲烏菟，俗從虎。」既然呼虎爲「烏菟」，則烏字受詞彙意義作虎的影響，而增加虎的偏旁。

二、增聲

「增聲」是指正字原本是形聲字，而增繁其聲符的偏旁或形符部件，以形成俗字的方式，其字例有6個：

瑯（琅）、曭（蘉）、桬（粆）、氳（氛）、麃（麅）、蛹（蛹）。

而其中又可分成聲符的偏旁部件增繁與省聲不省的增繁兩類型，茲分別舉例說明如下：

---

❼ 參見張自烈《正字通》，丑集上，p.88，潭陽成萬材本。

❽ 參見《集韻》平聲四，p.34，學海出版社影印述古堂本。

❾ 參見劉文典《淮南鴻烈集解》卷三，p.7，台灣商務印書館。

（一）聲符的偏旁部件增繁

這個類型總共有4個例字。

1、瑯（琅）　《玉篇》：「瑯，魯當切，瑯琊郡名，正作琅。」所指琅在作琅邪郡名時，可俗作瑯。《說文》釋琅字形構爲「从玉良聲」，顯然瑯字是琅所从良聲而增加邑旁而成郎得聲的俗字。爲何從郎聲呢？《玉篇》良讀作「力張切」，屬於《廣韻》三等陽韻。而郎讀作「力當切」與瑯讀音相同，屬《廣韻》一等唐韻。按理上古時良與郎讀音應相同，至中古良、郎音別，而琅與郎同音，所以俗字改良聲爲郎聲，以顯示其當時實際音讀。

2、絮（籹）　籹字，从米女聲，而俗作絮，則是把女聲增繁其形作如聲。檢《廣韻》女、籹二字讀音相同，皆屬娘紐上聲語韻，而俗字从如聲，如則屬日紐平聲魚韻，在聲韻上不太相同，爲何卻取爲聲符，個人以爲可能是方言的緣故，像今日廈門方言，如字的文讀作$_{c}$lu，女字讀作 ^{c}lu，[10] 除了聲調以外，其餘聲韻皆同。又如今建甌方言，如讀作 ^{c}y，女讀作 ^{c}ny，[11] 則除了聲母有 n–無 n–的差別外，聲調韻母都是相同，因此我們以爲俗作絮字，可能是受當時方言的影響，把籹作絮。

3、盆（氛）　氛俗作盆，是把从分的聲符增繁作盆聲。分，《廣韻》讀作「府文切」，氛讀作「符分切」，《玉篇》作「孚云切」，雖然聲母有非、敷、奉三紐的差別，不過都是輕脣聲母，韻部都屬文韻。而俗字盆所从盆聲，盆，《廣韻》讀作「蒲奔切」，屬重脣音並

---

[10] 參見《漢語方音字匯》，p.122、p.130。

[11] 同注[10]。

紐魂韻，正字與俗字在聲紐上有輕重脣的差別，這顯示成俗的時代可能是在輕重脣尚未分化的時期，或者是方言的現象，例如今閩客方言中梅縣、廈門、潮州三地，分字白讀皆作 ꜀pun，盆字作 ꜁p'un，福州則分白讀作 ꜀puɔŋ，盆讀作 ꜁puɔŋ，⓬ 除了陰平、陽平的聲調差異，或聲母送氣不送氣的不同之外，其餘聲母韻母都相同。

4、蛹（蛹） 蛹俗作蛹，《廣韻》甬、勇二字讀音相同，然所以以勇代甬的增繁，或許是勇較甬爲常用，作爲聲符易於辨音吧！

（二）原作省聲的聲符不省而增繁

這個類型有2個字例。

1、矆（蔑） 蔑俗作矆，考《說文》云：「蔑，蔑兜，目眵也，从目蔑省聲。」由此可知俗作矆，是取其聲符不再省形，因而形體增繁。

2、虪（虒） 虒俗作虪，《說文》云：「虒，白虎也，从虎昔省聲，讀若鼏。」段注云：「昔當作冥字之誤也。〈水部〉曰：『汨，从水冥省聲。』《玉篇》曰：『虪，俗虒字』可證也。」⓭ 由段注可知虒是从虎冥省聲，今俗字从虎冥聲，是其聲符不再省形，因而形體增繁。

⓬ 同注❿，p.274。

⓭ 參見段氏《說文解字注》，p.212。

第三節 遞換

所謂遞換，是指遞換正字的形體，以變成俗字的一種衍變方式。分析《玉篇》中遞換形體而成俗字的情形，可以再分成：換形、換聲、形聲互換三類，今分別舉例說明如下：

一、換形

「換形」是指遞換正字的偏旁、形符部件或甚至是整個字，以形成俗字的方式。其字例有31個：

垺（郛）、墜（隧）、躭（耽）、騁（聘）、軄（職）、
軆（體）、躲（聃）、臭（臭）、咬（齩）、呧（詆）、
蛆（胆）、臏（髕）、睹（嗜）、夌（陵）、効（效）、
閇（閉）、閬（限）、懶（孄）、簕（筋）、稜（棱）、
粃（秕）、糠（穅）、剪（翦）、肇（肈）、砂（沙）、
貓（猫）、鷰（燕）、鼈（鱉）、纏（韉）、醎（鹹）、
万（萬）假借。

在上列諸例當中，有的因意義相關而偏旁遞換的，有的因強化表意功能而形符部件遞換的，也有用假借遞換了整個字的。

（一）意義相關而偏旁遞換

在這31個字例裡，有27個字例是屬偏旁遞換，這些偏旁遞換的有土－阝（邑）、身－耳、身－骨、口－齒、口－言、虫－月（肉）、月（肉）－骨、月（肉）－口、力－阜、角－月（肉）、力－攵、忄－女、角－月（肉）、禾－木、米－禾、刀－羽、攵－戈、石－氵、豸－犭、魚－黽、糸－革、酉－鹵。在意義相關的偏旁遞換中，如土－阝（邑）、身－耳、身－骨、口－齒、口－言、月（肉）－骨、角－月（肉）、力－攵、門－阜、禾－木、米－禾、攵－戈、石－氵、豸－犭、魚－黽、糸－革、酉－鹵。雖然偏旁意義並不是完全相等，但意義猶然相去不遠，彼此可以互換互通。有些從偏旁的本身是看不出相關性，得從文字本身的本義、引申義、假借義諸字義系統上去推求。例如：虫－月（肉），大抵从虫、从肉的偏旁，在意義上是相去較遠，《說文》云：「胆，蠅乳肉中也。」也就是指蒼蠅的幼蟲，生長在腐肉之中，稱之爲胆，而段注更引《通俗文》云：「肉中蟲曰胆」，❶因爲胆是指腐肉中的蠅幼蟲，所以俗字改易从月爲从虫而作蛆。再如月（肉）－口，二偏旁的意義也稍遠，《說文》云：「嗜，喜欲之也。」所从口的偏旁蓋指人有五味口爽的喜好。而口腹之欲中，肉食爲重，故嗜俗字，改从口爲从月作膭。又如：力－阜，其偏旁形義亦遠，《說文》云：「陵，大𨸏也，从𨸏夌聲。」是陵的本義指大土山，原無關乎「力」，後陵字之義，引申爲侵陵、陵犯，顧氏《原本玉篇零卷》於「陵」字下釋云：「野王案：陵謂侵侮慢易也，《左氏傳》：陵人不祥，是也。……《廣雅》：陵，京也，陵，犯也。又曰：而不陵我。杜預曰：陵，侮我也。……《說文》以侵犯陵遲之陵爲夌字，

---

❶ 參見段氏《說文解字注》，p.179。

在人部，字書或爲字在力部也。」❷陵字之義既引申爲侵陵、陵犯之義，則以力加諸人，故俗从力作勎。又如：門－阜，意義也是較遠，但《說文》云：「限，阻也，从阜艮聲，一曰門榍也。」而《玉篇》云：「閬……俗爲門限字」，顯然是受了門限詞彙的影響而遞換偏旁。又如：忄－女，二偏旁義甚無關，《說文》云：「嬾，懈也，从女賴聲。」是嬾字的本義爲懈怠的意思，而由懈怠的本義，後世遂衍變了从心的俗懶字了。且如：刀－羽，在偏旁上，也不見其直接的關聯。《說文》云：「翦，羽生也，一曰矢羽，从羽前聲。」而前又早借爲行進的歬字，所以段玉裁於「歬」字下注云：「後人以齊斷之前爲歬後字，又以羽生之翦爲前齊字。」❸因此，俗翦字看來像是從前字衍變而來。不過，實際上翦借爲前的時代很早，如《詩經．魯頌．閟宮》便載：「實始翦商」，而《毛傳》：「翦，齊也。」❹六朝剪字逐漸由翦字俗簡變化而成，如秦公．劉大新合編《廣碑別字》中所載翦字即有作：翦 魏西門君碑頌、剪 齊李清為李希宗造像、𠝐 齊是連公妻邢氏墓誌，❺可見得剪（翦），刀－羽偏旁的遞換，應係從翦字的假借義齊斷以刀的意思，而改羽从刀的俗剪字。

在上述的偏旁遞換諸例中，其固然是在意義相關的條件下遞換，可是它們彼此遞換，大致說來還有多向遞換，形近遞換的兩種遞換現象：

1、多向遞換：是指偏旁的遞換，彼此並不完全是單一方向的一對一情形。例如：身－耳、身－骨；身－骨、月－骨；口－齒、口－

---

❷ 參見《原本玉篇零卷》，p.226-227。又「夌」在〈夊部〉，而非〈人部〉，此處應係抄寫之訛誤。

❸ 同注❶，p.68。

❹ 參見《詩經注疏》，p.777，藝文印書館十三經注疏本。

❺ 參見《廣碑別字》，p.544，國際文化出版公司。

言、月－口；虫－月、月－骨、角－月、月－口；力－阜、門－阜；力－阜；力－攵；力－攵、攵－戈；禾－木、米－禾等，都是一個偏旁，同時跟兩個以上的偏旁遞換。

2、形近遞換：是指偏旁的遞換，往往都會有形體接近遞換的情形。例如：身－耳、禾－木、米－禾、刀－羽、攵－戈、豸－犭、西－鹵。由於這些偏旁遞換是有意義關聯的，我們自然不能說它們是形近而訛，只能視為偏旁相通的習慣。

（二）強化表意而形符遞換

在31個換形的字例裡，只有3個字例是不屬於偏旁的遞換，而是屬於形符部件的遞換，即：臰（臭）、閇（閉）、鷰（燕）三字。

1、臰（臭）　臭，《說文》云：「臭，禽走臭而知其迹者犬也，从犬自。」臭字的本義是指嗅，而《說文》歸入〈犬部〉，但隨著意義的引申，意義範疇的縮小，臭義轉為惡臭的氣味，因此《玉篇》云：「臭，赤又切，惡氣息。」並歸入〈自部〉，而俗作臰，以「死」的形符遞換「犬」的偏旁，大概以凡生物死去，其體則腐敗而生惡臭，有鄙棄之意。考魏朝時期臭已俗作臰，《廣碑別字》載：臰魏冀州刺史元壽安墓誌銘、臰魏房悅墓誌等即是，❻ 而唐敦煌俗字亦多用俗，如《敦煌俗字索引》載臭即作臰。❼

2、閇（閉）　閉俗作閇，考《說文》云：「閉，闔門也。从門，才所以歫門也。」段注：「从門而又象撐歫門之形，非才字也。」❽由

---

❻ 同注❺，p.214。

❼ 參見金榮華主編《敦煌俗字索引》，p.101，石門圖書公司。

❽ 同注❶，p.596。

此可知閉字小篆作閉，其中才不是才字，而是象門栓之形，用來撐歫栓門。金文作閉豆閉簋、閉子禾子釜，高鴻縉《中國字例》云：「按字倚門畫其已閉，自內見其門槓之形，才非文字，乃物形，由文門生意，故託以寄關閉之閉之意。」❾ 又睡虎地秦簡作閉秦一九六.四例、閉日甲一四.二十八例，❿ 或與全文相同，或將「十」門栓之形作「十」，就與小篆相同。至漢則形體又略變，漢帛書作：閉、閉，馬王堆漢簡作閉、閉，居延漢簡作閉、閉，⓫ 由此可知《玉篇》以閇為閉的俗字，其表面上看是將「才」的形符部件遞換成「下」的形符部件而成俗，實際上，作閉或作閇都是從古文字直接衍化而來，而在《玉篇》中，為一作正一作俗而已。

3、鷰（燕） 燕俗作鷰，《說文》云：「燕，燕燕玄鳥也，籋口、布翅、枝尾，象形。」從小篆字形而言，正象燕子之形，隸變之後，燕子的「枝尾」訛變為「灬」，俗字則將枝尾的部件省去，遞換作从鳥的偏旁作鷰。考隋時燕或作鷰，《廣碑別字》載：鷰隋諸葛子恆造像，⓬ 所以《玉篇》俗作鷰，應是燕→鷰→鷰這樣的演化過程而來的。

（三）假借

假借是古代用字的一種方式，也就是透過語音相同或相近的條件，借一個字作為另一個字來使用。而在換形這一類之中，万（萬）正是採用假借的方式。《說文》釋萬為「从厹象形」。實象萬蟲之形。

---

❾ 參見高氏《中國字例》，p.321，三民書局。

❿ 參見張守中《睡虎地秦簡文字編》，p.179，文物出版社。

⓫ 參見陳建貢、徐敏編《簡牘帛書字典》，p.867，上海書畫出版社。

⓬ 同注❺，p.581。

考商周甲骨文、金文作 前三.三〇.五、 仲簋、 頌簋諸字形，[13]正象蝎子的形狀。萬在甲骨文、金文已借作數名使用。又万字原與萬無關，万字也見於甲骨文作 ，[14] 或作國族名、地名，林義光《文源》以爲即「丏」字之初形。[15]而万字至先秦也假借爲萬，作數名，如戰國古璽，千萬的萬即作 古璽彙編4478。[16] 考丏字上古音屬明母*m–、真部*–ɐn；萬字上古音屬明母*m–、元部*–an，二者聲韻關係是聲同而韻部旁轉，因此万借爲萬，但重修《玉篇》以万爲俗，以萬爲正字。

二・換聲

「換聲」是指遞換正字的聲符或聲符部件，以形成俗字的方式。其字例有27個：

玳（瑇）、躯（軀）、艳（艷）、聡（聰）、揔（摠）、
詑（詑）、餅（飯）、飰（飯）、宊（宦）、寀（寠）、
楠（枏）、楦（楥）、葪（薊）、蔥（蔥）、筯（筋）、
麸（麩）、麵（麪）、粽（糉）、剳（劄）、剆（列）、
淚（淚）、忩（怱）、庛（廄）、駈（驅）、羖（羖）、
猿（猨）、蠰（蝪）。

---

[13] 參考徐中舒《漢語古文字字形表》，p.549，文史哲出版社。

[14] 參見《甲骨文編》。

[15] 參見《文源》5：1。

[16] 參見羅福頤《古璽彙編》，p.409，文物出版社。

在上列諸例之中，有的聲符遞換，其音讀完全相同，即聲韻畢同，有的聲同韻異，有的聲異韻同，甚至還有聲韻畢異的，此外尙有聲符部件遞換的情形，茲逐項分述之。

（一）聲符聲韻畢同的遞換

這一類共有七個字例，如玳爲瑇的俗字，玳从代得聲，《廣韻》代讀作「徒耐切」，而瑇《玉篇》讀作徒戴切，二者中古音皆屬定紐代韻，完全同音。如艴爲馞的俗字，艴从孛得聲，《廣韻》孛讀作「蒲沒切」，與馞字相同，中古音皆屬並紐沒韻。又如訑爲詑的俗字，訑从他得聲，他，《廣韻》讀作「託何切」，與《玉篇》詑讀「湯何切」，中古音皆屬透紐歌韻，爲同音。又如楠爲枏的俗字，《說文》釋枏字形構爲「从木冉聲」，《玉篇》讀枏有作「奴含切」，而楠字从南得聲，南，《廣韻》讀「那含切」，二者中古音皆屬泥紐覃韻。又如麱爲麩的俗字，《說文》釋麩字形構爲「从麥夫聲」，《玉篇》讀作「芳無切」，而俗字麱，也是从孚得聲，孚，《廣韻》也讀「芳無切」，切語相同，中古皆屬敷紐虞韻。又如羖爲羖的俗字，《說文》釋羖形構爲「从羊殳聲」，《玉篇》讀作「公戶切」，而俗字羖，當從古得聲，古，《廣韻》亦作「公戶切」，二者音切相同，中古皆屬見紐姥韻。再如猿爲猨的俗字，《玉篇》云：「于元切，似獮猴而大，能嘯也。」而俗字猿則遞換猨字聲符爰爲袁，袁，《玉篇》讀作「宇元切」，與猨字中古音同屬爲紐元韻，讀音相同。且以猿字爲俗寫，見於中古唐代碑銘，作猿唐崔德墓誌、猿唐王大劍墓誌。⑰

---

⑰ 同注❺，p.832。

（二）聲符聲同韻異的遞換

這一類的字例，共計有8個：

1、軀（軀）、駈（驅） 這兩字都是把聲符區俗寫成丘，《玉篇》軀讀作「去迂切」，驅讀作「丘于切」，中古音都屬溪紐虞韻，而俗作丘，《玉篇》讀作「去留切」，中古聲紐也是屬溪紐。但韻部則屬尤韻。爲何會有聲同韻異的情形呢?這有可能是方言現象，考軀、驅在魏晉南北朝的碑銘中，即有从丘聲符的俗寫，例如軀魏張道果造像記、狉 齊賈乾德造像、躯北徐州劉道景造像、軀 齊比丘尼惠遠為亡姊造像，⑱其中作匠偏旁則是以區省品而增繁聲符丘，从乒、丘、匠，則可能是避孔子諱而缺筆、添筆、或仍受區形的影響。區聲與丘聲自上古至中古，都屬不同韻部。上古音區屬陳新雄先生32部區的16侯部，丘則屬21幽部，但是從兩漢至魏晉，侯、幽部常有通轉合韻的情形，⑲ 如東漢古詩〈爲焦仲卿妻作〉的用韻作：區諸由敷求留，魏晉蔡洪〈圍祺賦〉的用韻作：籌駒驅敷符丘殊，⑳ 其中驅、區二字就跟幽部字合韻，甚至直接跟丘字合韻。且現代的南方方言裡，如南昌讀驅作 ꜀tɕ'y，讀丘作 ꜀tɕ'iu，建甌讀驅作 ꜀k'y，讀丘作 ꜀k'iu，讀音十分接近，又如廈門、潮州方言，驅與丘字的白讀，讀音都相同，讀作 ꜀k'u，因此我們以爲軀、驅俗寫作軀、駈，應是在方言的背景下，遞換了聲符。

---

⑱ 同注❺，p.695-696。

⑲ 羅常培、周祖謨《漢魏晉南北朝韻部演變研究》（一）、丁邦新《魏晉音韻研究》稱侯部爲魚部。

⑳ 韻字下有"."標記的屬幽部。

2、宎（窅）　窅，《說文》釋形構爲「从宀旨聲」，《玉篇》有「於弔」、「於鳥」二切，而宎字从夭得聲，夭於《玉篇》讀作「倚苗切」與「於矯切」，就宎爲窅的俗字看來，應取窅「於鳥切」與夭「於矯切」相對應。二者中古聲母相同，同爲屬影紐，韻部窅屬篠韻，夭屬小韻，韻部則不相同。不過在《廣韻》裡，篠、小二韻爲同用，唐宋韻書韻目上的同用、獨用，早在唐初因以《切韻》作爲詩賦取士的標準韻書，屬文之士，苦其苛細，而許敬宗等詳議，以其韻窄者，許令附近通用。㉑故有同用、獨用的標示。然王力《漢語音韻》則以爲：

> 其實『奏合而用之』，也一樣有具體語音系統作為標準，並不是看見韻窄就把它合併到別的韻去，看見韻寬就不合併了。例如肴韻夠窄了，也不合併於蕭宵或豪，欣韻夠窄了，也不合併於文或眞；脂韻夠寬了，反而跟支之合併。這種情況，除了根據實際語音系統以外，得不到其他的解釋。㉒

王說甚是，且篠小二韻，自上古至中古皆在同一韻部，詩文用韻皆通押，㉓因此，就《廣韻》而言，其韻部固有不同，然就實際用韻而言，應屬同韻部，所以窅與夭是同音讀的。

㉑ 參見封演《封氏聞見記》，p.16 所載。

㉒ 參見王力《漢語音韻》，p.58，弘道文化公司。

㉓ 參見王力《漢語語音史》，陳師新雄《古音學發微》及〈黃季剛先生及其古音學〉一文所述的古韻分部，與語音的演變情形。

3、窔（窔）　窔，《說文》釋形構為「从穴交聲」，《玉篇》讀作「於弔切」，中古屬影紐去聲嘯韻。而俗窔字，从穴夭聲，如前一例所述，夭字《玉篇》讀作「於矯切」，中古屬影紐上聲小韻，二者聲紐相同，但韻部與聲調皆不相同。不過小韻相承的去聲笑韻與嘯韻，是《廣韻》所標示同用的關係，所以從韻部看實際音讀應是相同，只是聲調有上、去的差別而已。

4、麯（麴）　麴字从麥匊聲，《玉篇》讀作「丘竹切」，而俗字麯，从曲得聲，《玉篇》讀作「丘玉切」，二者中古聲母同屬溪紐，但韻部不同。麴屬入聲屋韻，曲屬入聲燭韻。考二字之上古韻部，並不同部，鞠屬覺部*–əuk，曲屬屋部*–auk，不同部的情形一直持續到晚唐時期，屋燭二韻部在實際語音中已不能區別。㉔ 而在現代方言裡，有很多地方讀音都保留晚唐以後相同讀音的情形，如北方方言中的濟南、西安都讀作 ꜀tɕʻy，太原、合肥都讀作 tɕʻyəʔ꜆，南方方言中的蘇州都作 tɕʻioʔ꜆，長沙都讀作 tɕʻiəu꜆，南昌都讀作tɕʻiuk꜆，廈門文言都讀作 kʻiɔk꜆，建甌都讀作 kʻy꜆　。

5、粽（糉）　糉字从㚇得聲，《玉篇》讀作「子貢切」，而俗字粽从宗得聲，宗《玉篇》讀作「子彤切」，二者中古聲紐同屬精紐，韻部糉屬中古去聲送韻，宗屬平聲冬韻，則頗不相同。為何糉與宗不僅韻部不同，連聲調也不相同，我們以為糉俗字作粽，這聲符的遞換，是直接從聲符㚇遞換成宗。考㚇字，《玉篇》讀作「子公切」，正是平聲東韻，與宗聲調相同，而韻部十分接近。且㚇上古屬東部 *–auŋ，宗屬冬部 *–əuŋ，韻部本不相同，而東冬至中唐時期，猶然分立，並

㉔ 同注㉓。

不通押，至晚唐則合流。由此或可推知糉俗作粽，從語音的演變來看，最早大致不會早於晚唐以前。

6、剆（列）　列，《說文》釋形為「从刀歺聲」，《玉篇》讀作「力泄切」，中古屬來紐入聲薛韻，而俗剆字，从戾得聲，而戾，《廣韻》讀作「練結切」，可見列、戾二字聲紐相同。又考《廣韻》屑、薛同用，是知中古音恐已不別。且由屑、薛二韻的平聲先、仙，陸法言《切韻·序》云當時已有先仙韻「俱論是切」的情形，是以剆與列雖是聲同韻異，但實際音讀則為相同。

7、廐（廄）　廄，《說文》釋形為「从广𣪘聲」，《玉篇》讀作「居又切」，中古屬見紐去聲宥韻；廐从旣得聲，旣，《玉篇》讀作「居毅切」，中古屬見紐去聲未韻。二者聲母相同，韻部不同。其實二者的韻母關係，比起前面諸字例，可以說相差較遠，就上古音而言，廄在21幽部 *–əu，旣在8沒部 *–ət，中古音前者屬流攝，後者屬止攝，從來在古詩文用韻裡，是很少相押的。其所以聲符遞換，除了聲紐、聲調相同之外，恐怕形體極為相似也是一項重要的理由。

（三）聲符聲異韻同的遞換

這一類的字例，則有二例。

1、悤（悤）　悤，原本作悤，《說文》云：「悤，多遽悤悤也，从囪从心，囪亦聲。」《玉篇》讀作「千公切」，中古屬清紐東韻，而俗字忩，从公得聲，《玉篇》公讀「古紅切」，中古屬見紐東韻，二者韻部相同，但聲紐有異。而考漢碑刻从悤或多俗作忩。㉕又《干

㉕ 參見本節〈（五）聲符部件的遞換〉一小節所論聦（聽）等諸字例。

祿字書》於〈平聲〉云：「聦聰聽」下注云：「上中通，下正，諸從怱者，並同。他皆倣此。」㉖由此可知《干祿字書》已視悤作怱者，爲「相承久遠」的通字，也可證其俗久矣！

2、蝪（蠰）　《說文》云：「蠰，蟷蠰也，从虫襄聲。」《玉篇》蠰讀作「乃郎切」，中古屬泥紐平聲陽韻。俗字蝪，我們從《說文》傷字形構作「从人煬省聲」，亦推知蝪構形應作「从虫煬省聲」，其聲符煬，《玉篇》讀作「式羊」、「且羊」二切，中古音或審紐或清紐，平聲陽韻，是以其韻母相同，而聲紐有異。

（四）聲符聲韻畢異的遞換

這一類型共有4例，茲分別論述之。

1、餅（飯）、飰（飯）　這兩個字例，都是飯的俗字，而遞換的情形可以說是一致的。飯，《說文》釋形構爲「从食反聲」，《玉篇》讀作「扶晚切」，又讀作「符萬切」，前切中古音讀奉紐上聲阮韻，後切中古音讀奉紐去聲願韻，而餅、飰二俗字，所从的聲符爲弁、卞，《玉篇》讀弁作「皮彥切」，讀卞作「皮變切」，二者中古聲紐均屬並紐去聲線韻。就這樣的情形看來，正字與俗字間的聲韻關係是聲韻完全不同的。但飯字的聲紐讀輕脣音，餅、飰讀重脣音，這顯示在中古時期，飯字已逐漸從重脣音分化成輕脣音。依王力《漢語史稿》推論輕脣音的形成，遠在第九世紀，或者更早。㉗但是俗字讀作重脣，顯然是保留了古音，這應該是方言現象，如今閩方言中的廈門、潮州、福州的白讀均作重脣音 p-，甚至如建甌則不論文讀、白讀，均作重脣

㉖ 參見《干祿字書》一〇卷，p.4，藝文印書館印百部叢書集成夷門廣牘本。

㉗ 參見王力《漢語史稿》p.115。

p-。至於飯，雖然也有讀作上聲的，不過依照漢語中古以後濁上歸去的演化規律，飯字的聲紐屬濁聲奉紐，此時口語是讀作去聲，㉘ 因此我們飯字可直接取「符萬切」討論。切語下字萬屬願韻，與線韻的弁、卞均屬山攝，而《韻鏡》等韻圖甚至列於同一圖中，這顯示二者音值是極爲接近。且王力《漢語語音史》以爲晚唐至五代間，元仙韻部在語音上便已合流同部，㉙ 只是切韻系韻書猶然分韻，《廣韻》在韻目下也沒有注明二者爲同用，所以說是聲韻畢異。而追溯其源流，聲符的音韻關係卻是十分密切，值得留意。在字形上，考敦煌俗字裡，飯字其實也作飰，㉚ 因此餅、飰俗字的形成，應該是在晚唐以後，依據方言產生的。

2、楦（楥） 楥，《說文》釋形構作「从木爰聲」，《玉篇》讀楥作「吁萬切」，中古屬曉紐去聲願韻，俗字楦從宣得聲，宣，《玉篇》讀作「思元切」，中古屬心紐平聲元韻，因此爲聲韻畢異的聲符遞換現象，既然是聲符遞換，爲何聲韻畢異呢？其實它們還是有很密切的聲韻關係的。從聲紐言，曉紐中古擬音作 x–，心紐擬音作 s–，㉛ 都是清擦音，只是一個爲舌根部位，一個爲齒間部位，而且後來都產生顎化作用，所以在現今國語裡，這兩個字的聲母都已合流，讀成舌面清擦音 ɕ-。在韻部方面，它們的韻部關係也十分密切，不僅上古同部，中古不同部，但在中古韻書裡，願韻爲元韻相承的去聲韻，換句

㉘ 同注㉕，p.193-194。

㉙ 參見王力《漢語語音史》，p.115。

㉚ 同注❼，p.117。

㉛ 本文中古聲紐之擬音係根據本師陳新雄先生〈廣韻四十一聲紐聲值的擬測〉一文，該文收錄於《鍥不舍齋論學集》p.249-271。

話說，它們是介音、主要元音跟韻尾都相同，只是聲調平去的差異而已。

3、劊（劀）　《說文》云：「劀，刮去惡創肉也，从刀矞聲。」《玉篇》讀作「公八切」，中古音屬見紐入聲黠韻，而俗字劊，《玉篇》列入刀部，故應是從害得聲，害，《玉篇》讀作「胡刮切」，㉜中古音屬匣紐入聲鎋韻，就中古聲紐言，見紐讀作 k'–，匣紐讀作 γ –，雖然發音方法不同，發音部位都屬於舌根，所以還有聲紐上的關係，至於韻部方面，一在黠韻、一在鎋韻，《廣韻》注明黠與鎋兩韻同用，因此它們的韻部關係十分接近。

（五）聲符部件的遞換

這一類型共有5例如下：

1、聡（聰）、捴（揔）、蒶（葱）　這三個字例，都是同樣以怱爲聲符，而怱改易其聲符部件爲忩。其實怱在《說文》中原作悤，「从囪从心，囪亦聲」，後世隸變俗簡囪作匆，又俗从公。㉝考漢郭泰碑即作聡，㉞魏碑刻文字亦作聡魏江陽王次妃墓誌、聡魏高輝太夫人墓誌、聡唐縉雲郡司馬賈崇璋夫人陸英墓誌㉟。

㉜ 澤存堂、宗文堂本《玉篇》害均作「胡利切」屬去聲至韻。考《廣韻》害讀作「胡瞎切」，《集韻》作「下瞎切」，均屬入聲鎋韻而不屬去聲，因推知《玉篇》切語下字「利」應是鎋韻「刮」字之形訛，今據正。

㉝ 參見本節「（三）聲符聲異韻同的遞換」一小節中，忩（怱）一例的說明。

㉞ 參見洪鈞陶《隸字編》p.1133。

㉟ 同注❺，p.641。

2、蒯（蔛） 蔛，《說文》釋形構作「从艸鮒聲」，《玉篇》讀作「古麗切」，中古聲紐屬見紐去聲霽韻。而俗字蒯，是據蔛字讀音，將鮒聲魚的部件，改換成角的部件，角，《玉篇》讀作「古岳切」，中古屬見紐入聲覺韻，所以角與鮒聲紐相同，而實際上角與魚字形也十分相近，因此蒯字成俗應是在形音雙重條件下遞換而來的。

3、淚（淚） 淚，《說文》無此字，其形構應是从水戾聲，目前所見最早爲漢北海相景君銘作淚，㊱《玉篇》讀作「力季切」，中古音屬來母去聲至韻，而俗字淚，所从尿的部分，顯然是从戾的聲符，遞換其中犬的部件爲水而作尿，實際上自來並無尿字，此應是造俗者爲表明淚水爲液體，故作尿形，而考敦煌俗字，淚字俗寫便作淚形。㊲

三·形聲互換

「形聲互換」是指遞換正字的偏旁或形符部件爲聲符或遞換正字的聲符爲偏旁或形符部件，以形成俗字的方式。其字例有12個：

墻（牆）、奸（姦）、艷（豔）、嚙（齧）、痳（疢）、
榼（榼）、蔂（蘽）、鋻（鑿）、赧（赧）、牀（床）、
竪（豎）、醢（醯）。

這12個字例，依偏旁或形符部件與聲符互換的情形，我們可以分成：會意變爲形聲的遞換、形聲變爲會意的遞換兩種。

㊱ 參見漢語大字典字形組編《秦漢魏晉篆隸字形表》，p.816，四川辭書出版社。
㊲ 同注❼，p.77。

（一）會意變爲形聲的遞換

在上列12個字例裡，由會意結構的正字，改換其偏旁或形符部件，而成爲形聲結構的俗字有4個字例，茲分述之：

1、奸（姦）　姦字，《說文》釋形構爲「从三女」，是屬同三體會意，《玉篇》讀作「古顏切」，中古屬見紐平聲刪韻，而俗字則省去其中一個女字形符，而遞換爲从干的聲符，《玉篇》干讀作「各丹切」，中古屬見紐平聲寒韻，二者聲紐相同，韻部一爲刪韻一爲寒韻，十分密切，在上古音中二者俱屬3元部 *–an，至魏晉南北朝，甚至宋代，在詩文用韻裡，還常在一起押韻，王力合爲同部。㊳ 而在現代方言裡，也有很多地方是讀音相同的，如湘方言長沙都讀作 ꜀kan，雙峰讀作 ꜀kæ̃，閩方言廈門讀作 ꜀kan、潮州、福州都讀作 ꜀kaŋ，由此可知其會意遞換爲形聲，聲符還頗能準確地表音。

2、疹（疢）　《說文》云：「疢，熱病也，从火从疒。」所以疢字形構爲會意，《玉篇》讀作「恥刃切」，屬中古聲紐徹紐，去聲震韻。而俗字疹實本應正寫作㽪，爲形聲字，《說文》以㽪爲胗的籀文。《玉篇》讀㐱作「之忍切」，中古聲紐屬照紐上聲軫韻。就聲紐而言照紐與徹紐，上古聲紐屬於端紐 *t–、透紐 *t'–，二者除了有送氣不送氣的差別之外，其餘發音部位、發音方法皆同。至於韻部軫韻與震韻，爲相承的上聲與去聲，也就是說，除了聲調有別之外，韻部的介音、主要元音、韻尾都是相同的。考疢字漢簡帛猶寫作疢漢帛書、疢阜陽漢簡，㊴ 而至魏則俗作疹魏宮一品張安姬墓誌，㊵ 不過，㐱寫作尔，是漢以來很常見的寫法，如珍作珎流沙墜簡、珎鮮于璜碑。㊶

㊳ 同注㉓。

㊴ 同注⓫，p.561。

3、⿰木⿱兮皿（⿰木⿱㐬皿）、⿰酉⿱兮皿（醯）　⿰木⿱㐬皿、醯二字形構，從《說文》釋醯爲「从鬻酒並省，从皿」的會意字，推知《說文》所無的⿰木⿱㐬皿字，或可作「从鬻从木从皿」的會意字。而⿰木⿱㐬皿，《玉篇》讀作「呼奚切」，醯讀作「呼啼切」，中古音均屬曉紐平聲齊韻，俗字作⿰木⿱兮皿、⿰酉⿱兮皿，顯然是將其所省形的㐬的形符，遞換成兮的聲符，以標示其讀音。兮，《玉篇》讀作「胡雞切」，中古屬匣紐平聲齊韻，其韻部是完全相同，而聲紐曉x–、匣γ–則同是舌根擦音，只是清濁的差別而已，因此音讀極爲接近。可見得俗字⿰木⿱兮皿、⿰酉⿱兮皿是變會意成形聲而來，它不僅明確地表示音讀，在字形筆畫上也較爲簡省。

（二）形聲變爲會意的遞換

由形聲結構的正字，改換其聲符以爲形符偏旁，以構成會意結構的俗字，共有8個字例，分別說明如下：

1、墻（牆）　《說文》云：「牆，垣蔽也，从嗇爿聲。」是牆爲从爿得聲的形聲字，本義以爲蔽障的垣牆。俗字作墻，則是从土从嗇，換从爿的聲符爲从土的偏旁，以表示用土夯築而成的垣牆，是爲會意字。考牆俗作墻，早見於魏晉時期，而作墻魏元範妻鄭令妃墓誌、墻齊房周阤墓誌、墻梁惠光和尚塔記。㊷

2、艷（豔）　《說文》釋豔字形構作「从豐，豐大也，盍聲。」爲从豐盍聲的形聲字，从豐自古以來即與豊不甚區分，個人將於本章第四節〈訛變〉的「變形」小節裡討論，此不贅述。然豔字俗作艷，

㊵ 同注❺，p.206。

㊶ 同注㊱，p.21；同注㉞，p.726。

㊷ 同注❺，p.631。

則指豐色爲艷，《詩·小雅·十月之交》：「豔妻煽方處」毛傳：「美色曰豔」；㊸ 揚雄《方言·二》：「秦晉之間美貌謂之娥，美狀爲窕，美色爲豔。」㊹ 所以俗作艷，亦是有出處。且考唐代碑銘文字正作艷唐洛陽縣淳俗鄉君劾夫人姬墓誌、艶唐太府卿眞定郡公許緒墓誌。㊺

3、嚙（齩） 齩，《說文》釋其形構作「从齒交聲」，爲形聲字，而俗字嚙，則將正字从交的聲符，遞換成从口的偏旁，以強化以口咬齧的意義。考齩俗作嚙，在唐代的碑刻中可見，寫作𠯈唐恐龍刻石，㊻ 其齒字從古文字形。

4、床（牀） 《說文》釋牀字形構爲「从木爿聲」，是爲形聲字。而俗字床，則將从爿聲符遞換成从广的形符偏旁，成爲从广木的會意字。考俗床字，早在南北朝已有之，而作牀齊王憐妻趙氏墓誌、𤵊寶梁經，㊼ 不過這顯示早期有混淆了爿與疒（疒）字形的情形，至唐五代敦煌卷子則作床，㊽ 已變成从广的會意字。

5、藂（叢） 《說文》釋叢字形構爲「从艸叢聲」，是形聲字，而俗字作藂，則爲从艸聚的會意字，是將从叢的聲符遞換爲从聚的形符，以表示艸聚即草叢生的樣子。考俗藂字，常見於魏晉南北朝的碑銘，如藂魏元湛妃王令媛墓誌、藂齊毛叉擢造像、藂隋平安郡守謝岳墓誌、

㊸ 參見《詩經正義》，p.407，藝文印書館十三經注疏本。

㊹ 參見周祖謨《方言校箋》，p.10，北京中華書局。

㊺ 同注❺，p.730。

㊻ 同注❺，p.672。

㊼ 同注❺，p.108。

㊽ 同注❼，p.33。

𦲈隋呂胡墓誌，㊾ 實亦作叢的俗字，自來混而不別，㊿ 大抵叢字本義爲聚，而叢字业的字頭部件，易簡化爲卄的緣故。

6、鼜（鼜）　《說文》鼜字原作𪔺，並釋云：「𪔺，夜戒守鼓也，从壴蚤聲。」從此可知鼜爲𪔺的異體字，其形構應是从鼓蚤聲。而俗作鍪，則將蚤聲遞換从金，金當非聲符而是形符，古代鼓亦多以銅爲之，即銅鼓，所以可从金，不過從形聲結構遞換成會意結構，所从金的形符，是否純爲表意，猶有可商，實因蚤與金的形體十分相似，也有可能因形近而訛變生成的。

7、赧（赧）《說文》云：「赧，面慙而赤也，从赤𠬝聲。」是赧字爲从𠬝得聲的形聲字，而俗赦字，則作从赤皮形構的會意字，將从𠬝的聲符遞換成从皮的形符，是取「面慙而赤」的意義而成，且𠬝字與皮字，在形體上也極爲接近，易爲遞換。

8、豎（豎）　《說文》云：「豎，堅立也，从臤豆聲。」是豎爲从豆得聲的形聲字，而俗竪字，則據豎立的意思，將从豆的聲符，遞換成从立的偏旁，成爲从臤立的會意字。在字形上，豆與立形體也是十分接近，是容易遞換的。

㊾ 同注❺，p.671。

㊿ 參見本章第五節〈複生〉所論述的藂（叢）字例。

第四節　訛變

所謂訛變，是指訛變正字的形體，以成爲俗字的一種衍變方式。這種衍變方式，通常正字與俗字之間，不必然存在著讀音或意義上的關聯，它或是爲了方便書寫、簡省筆畫，類似隸變的情形；或是爲了字形整體的美觀，而產生的一種演變。分析《玉篇》中用訛變的方式，以衍變成俗字的情形，有變形、變聲、形聲皆變三種類型，今分別舉例說明如下：

一、變形

「變形」是指訛變正字的偏旁或形符部件，以形成俗字的方式，其字例凡24個：

覔（覓）、扎（札）、弊（獘）、噐（器）、欵（款）、
聂（夒）、閿（闅）、桒（桑）、桼（棗）、来（來）、
麦（麥）、享（亨）、罕（䍐）、黾（黽）、豊（豐）、
夨（矢）、断（斷）、刁（刀）、奈（柰）、尣（尢）、
厄（戹）、隸（𨽸）、継（繼）、畵（畫）。

在上列的字例之中，大多數字例是爲使文字筆畫趨於簡省，以致形符偏旁訛變，也有形符偏旁稍微增繁筆畫的訛變，另有文字筆畫並未有增省，而形符偏旁有訛變的情形。

（一）形符偏旁簡省筆畫的訛變

此類俗字計有18個字例，茲分別論述之：

1、扎（札）　此字例是中古時期十分常見的偏旁訛變，也就是木與才相混不分。其實木與才原本是不同的偏旁，但是在漢代時期，文字隸變之後，从木偏旁經常因書寫上的連筆與筆勢的關係，造成與从才（手）偏旁極難區別，例如居延漢簡札字寫作扎、扎、扎、扎，❶ 敦煌樓蘭漢簡作扎，❷ 从木的偏旁，從魏以後，便經常寫作从才的偏旁，如樹作𢭏魏于景墓誌、標作摽魏元維墓誌、栖作拪隋董美人墓誌等。❸

2、弊（獘）　《說文》釋獘字形構為「从犬敝聲」，而俗字偏旁由从犬訛變為从廾，《玉篇》弊字兩見，一見於〈𠬞部〉正文，注云「俗獘字」，一見於〈犬部〉，正文為獘字，注云：「俗作弊」，由此可知〈𠬞部〉注所載正字獘為獘字的形訛，一為大，一為犬，易混淆，然由此也才明白俗字弊蓋由獘再訛變，從魏晉以來从大與从廾偏旁經常通用，例如奐字从𠬞，魏碑銘作注奐元湛妃王令媛墓誌、隋碑銘作奐隋宮人何氏墓誌、奕字从𠬞，作弈魏東安王太妃墓誌、弈隋申穆墓誌，又契字从大，作栔隋員天威造像，因此俗字弊由獘訛變，形體簡

---

❶ 參見陳建貢、徐敏編《簡牘帛書字典》，p.422，上海書畫出版社。

❷ 參見洪鈞陶《隸字編》，p.758，文物出版社。

❸ 參見秦公、劉大新著《廣碑別字》，p.583、p.535、p.202，國際文化出版公司。

❹ 同注❸，p.134、p.517。

省，且考魏以來碑銘，獘作魏奚眞墓誌、魏元尚之墓誌、齊李仕芝造像。❹

3、噐（器）　《說文》云：「器，皿也，象器之口，犬所以守之。」依其所述，形構應作从㗊从犬，考西周金文作散盤、❺戰國竹簡作信陽楚簡、、包山楚簡，❻ 而戰國末秦初之際，睡虎地秦簡作秦律二十六例，至漢已作敦煌樓蘭漢簡、居延漢簡、武威漢簡，❼ 從上列文獻我們可以清楚地了解器字从犬而逐漸訛變成工的形符的過程，至漢噐字已是一個使用相當普遍的字形。

4、欵（款）　《說文》釋款字形構作「从欠窾省」，而在漢簡中款已略作簡化作流沙墜簡，《玉篇》所載俗字作欵，應是柰的形符訛簡作矣而成的。

5、夒（夔）　《說文》釋夔字形構爲「如龍一足从夊，象有角手人面之形」，而從夔訛省作夒，在漢即有訛省的趨勢，如漢魏碑銘作漢繁陽令楊君碑、亳縣鳳凰台一號墓剛卯、三體石經春秋・僖二十六，而俗作夒，則於南北朝以後通行，如碑銘作齊魏懿墓誌、唐趙郡李彰墓誌、唐朝請郎行石州方山縣令騎都尉申守墓誌。❽

---

❺ 參見馬承源主編《商周青銅器銘文選》，p.268，文物出版社。

❻ 參見郭若愚《戰國楚簡文字編》，p.9，上海書畫出版社；王仲翊《包山楚簡文字研究・附包山楚簡字表》，p.16，中山大學碩士論文。

❼ 參見張守中《睡虎地秦簡文字編》，p.29，文物出版社。又同注❷，p.423-424。

❽ 同注❸，p.784-785；漢語大字典字形組編《秦漢魏晉篆隸字形表》，p.355，四川辭書出版社。

❾ 參見羅福頤《漢印文字徵》，p.80，文物出版社。

6、闅（闅）　《說文》釋闅形構爲「从旻門聲」，本義云「低目視也」，而所从旻的偏旁，如果將目的部件，略微傾斜書寫，如相字从目，信陽楚簡作、楚帛書作，因此形體極易與受相混，受字戰國末作睡虎地秦簡，漢簡作居延漢簡，甚至作居延漢簡，是以在漢代時期，闅已俗作閿，如漢印文字徵。[9]

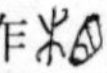

7、来（來）　《說文》釋云：「來，周所受瑞麥，來麰也，二麥一夆象其芒朿之形。」由甲骨文或金文作菁.五.一、粹.二四五、般甗、彔簋，皆象麥的象形初文，根、莖、葉俱全，下折者應是麥葉。[10] 而俗字則將麥葉部分的書寫連筆訛省，俗作来。俗字来，在漢代即已十分普遍，如居延漢簡作、，武威漢簡作。其他碑銘作張遷碑、尹宙碑等。[11]

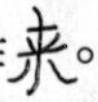

8、麦（麥）　麥字《說文》釋云「从來从夊」，其所从來的部分，在戰國末期睡虎地秦簡裡，即已訛省作日.乙.六五.四例之形，[12] 至漢即如《玉篇》俗字作麦，如居延漢簡作、，敦煌漢簡作、武威漢簡作，[13] 所以《玉篇》俗字麦的來源很早。

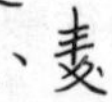

9、享（亨）　亯字的本字，其實原應作亯，《說文》云：「亯，獻也，从高省，曰象孰物形。」又云：「亭，篆文亯」，顯然作亯爲古文或籀文，作亭爲小篆，亭爲亯的異體。小篆的亭，經隸變之後，

---

[10] 參見高明《古文字類編》，p.281，大通書局、張超等著《金文形義通釋》，p.1401-1402，中文出版社。

[11] 參見同注[2]，p.766-767；同注[1]，p.53-54。

[12] 參見張守中《睡虎地秦簡文字編》，p.81，文物出版社。

[13] 同注[1]，p.942。

[14] 同注[12]，p.80。

生享、亨二形，如戰國末秦初睡虎地秦簡作日書，又作日書，⓮至漢亦二形並通行作帛書老子、馬王堆易經、武威漢簡、華山廟碑、張遷碑，⓯由此可見此二形在秦漢以後，皆並行於世，至《玉篇》則以亨爲亯的異體字，以享爲亨之俗字。

10、罕（罕）　《說文》釋罕形構爲「从网干聲」，按照网部的隸變，多作罒的形體，而今俗作四，有可能是再從罒訛省而來。不過也不能排除有直接從古文字网作冈的形體隸變而來的可能。在中古的碑銘，罕字已有作齊畢文造像、隋徐州總管爾朱敞墓誌、唐田仁墓誌，⓰與《玉篇》所載俗字罕，已十分近似。

11、黾（黽）　黽的本義爲鼃黽，《說文》釋稱象鼃黽之形，然俗字作黾，似略呈兩個部件。黽字分成兩個部件，大致是在漢代，有作漢印文字徵、澠池王瑞圖題字，⓱大抵以其筆畫連筆簡省，容易書寫。

12、豊（豐）　《說文》云：「豐，豆之豐滿也，从豆象形。」豐與「行禮之器」的豊字不同，但形義極爲相近。甲骨文豐作菁.五，正象豆中實物之形，另有作後.下.八.二之形，有學者以爲豊字，从玨在凵中从豆，象盛玉以奉神祇之器，主張殷商時期，豐豊二字固然十分形似，而文例形體實有分別。⓲不過，另有主張豐豊爲同字的

⓯ 參見漢語大字典字形組編《秦漢魏晉篆隸字形表》，p.348-349，四川辭書出版社。

⓰ 同注❸，p.117。

⓱ 同注⓯，p.959-960。

⓲ 參見徐中舒主編《甲骨文字典》，p.523-524，四川辭書出版社。

⓳ 孫海波《甲骨文編》，p.222，中華書局；容庚《金文編》，p.265，洪氏出版社；李孝定《甲骨文字集釋》，p.1679-1684，中央研究院歷史語言研究所專刊之五十；高明《古文字類編》，p.327等。

學者，如容庚、孫海波、李孝定、高明等。⑲ 個人以爲儘管上古此二字極有可能是具同源的關係，但顯然後來的發展，形音義有別，所以許氏《說文》分別言之，在書寫上，漢以後，豐字仍然多與豊字相同，如作豊武威漢簡、豊曹全碑、豊魏王基殘碑，⑳ 在《玉篇》中豐豊二字如同《說文》並不同部，分別在〈豐部〉〈豊部〉，所以如果純粹從豐豊二字分立的角度來看，俗作豊，我們可以視爲一種筆畫變斷爲連，以便於書寫的情形。

13、断（斷）、継（繼）　《說文》載斷篆作斷，形構作「从斤㡭，㡭，古文絕」，但隸變之後則作斷。考俗作断，在戰國末秦初的睡虎地秦簡裡仍作斷法律答問.九例，至漢碑則形體漸漸訛省作斷石門頌，魏碑銘則作断魏汶山侯吐谷渾璣墓、断魏廣陽王元湛墓誌、断常岳造像，唐碑銘則作断唐柳君大夫人杜氏墓誌。㉑ 另外，繼字俗作継，與斷字俗作断的訛省情況，大致相同，段玉裁《說文解字注》以爲繼字原應作「从糸㡭」，作「从糸㡭」係訛變。㉒ 在漢碑中已有訛省作継石門頌，至魏碑銘則作継魏丞相江陽王元継墓誌、継魏中岳嵩陽寺碑，可見得㡭俗字訛省作迷，最遲應是在魏朝。

14、奈（柰）　《說文》釋柰「从木示聲」，然从木的偏旁俗字訛省作大，其時代甚早，於戰國末秦初睡虎地秦簡就有作柰，而漢代簡帛也多作柰漢帛書、柰銀雀山漢簡、柰居延漢簡。㉓

---

⑳ 同注⑮，p.319。

㉑ 同注⑫，p.209；同注❷，p.887；同注❸，p.675。

㉒ 參見《說文解字注》，p.645。

㉓ 同注❶，p.200；同注❷，p.367-368。

15、厄（戹）　《說文》云：「戹，隘也，从戶乙聲。」《說文》所釋本形、本義，近代不少學者從金文之字形分析，以爲不盡正確，如金文作录伯𢦚簋、番生簋，孫詒讓則認爲正象車軛之形，爲車軛的本字。㉔其上一横象車衡，中孔爲轙以載轡，下曲者爲軥以服馬，《說文》作「从戶乙聲」係從篆形的訛變而誤解。考戹之訛變俗作厄，睡虎地秦簡作法律答問之形，而漢代簡帛則作漢帛書、銀雀山漢簡、敦煌漢簡、孔褒碑，㉕由此可見其訛省變化的情形。

16、隸（隷）　《說文》釋隷字形構爲「从二𣏟」，隷的本義爲「𣏟屬」，而俗字作隸，則訛變作从二隶，《說文》云：「隶，及也，从又尾省，又持尾者從後及之也。」可見𣏟與隶的偏旁，形義相差甚遠，俗字純粹從隷形體省畫連筆而訛作隸。

17、畫（畫）　《說文》釋畫字形構作「从聿象田四介，聿所目畫之」，而俗字畫，則是將「象田四介」隸變後作田的形符，訛省作四。考俗字畫，於漢簡中已略見眉目，作流沙墜簡、居延漢簡，㉖至唐代敦煌寫卷則作嶺410-4。㉗

（二）形符偏旁稍增筆畫的訛變

此類俗字共有二個字例：

㉔ 參見孫詒讓《名原》上，p.26-27。

㉕ 同注❶，p.345。

㉖ 參見王夢鷗師《漢簡文字類編》，p.70，藝文印書館。

㉗ 參見金榮華主編《敦煌俗字索引》，p.89，石門圖書公司。

1、桒（棗）　《說文》釋棗字形構作「从重朿」，而俗寫則是將所从朿，訛變作从来，與來字的俗寫相混淆，考近世出土秦〈五十二病方〉，棗字正寫作，漢璽印也作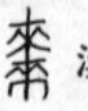漢印文字徵，㉘由此可見秦漢从朿已混同从來，因此漢以來棗多俗寫作桒，如武威漢簡作、武威醫簡作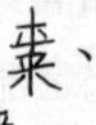、倘方鏡作，㉙而唐代碑銘則作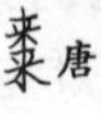唐青州司倉參軍趙克廉墓誌、唐房陵郡太守盧府君夫人弘農郡楊氏墓誌，㉚析俗字筆畫較正字爲多，這固然是因朿與來的形近而訛變，但在書寫上，來爲常用字，朿較罕用，且從文字結構言从来，文字筆畫向內凝聚，重心較穩，文字書寫較爲美觀，从朿，間架較爲開展，不及从来之穩重，凡此恐都是俗字从来的原因吧！

2、尣（尢）　《說文》釋尢字形構爲「从大象偏曲之形」，而俗字作尣，應是自尢字小篆，隸變解構而來，只是正字尢也是由篆文隸變而來，這兩字隸變的結果，形體略有不同，而一爲正，一爲俗。就正字尢而言，尣的筆畫是多了一畫，且尢與大字，其形義同源，隸變的路徑一致，因此，俗作尣，我們可視爲形符偏旁稍增筆畫的訛變。

（三）形符偏旁筆畫未有增減的訛變

這一類的俗字共有4個字例。

1、覔（覓）　《說文》不見此字，而有覛字，《說文》云：「覛，衺視也，从𠂢从見。」段玉裁於「覛」字下注云：「俗有尋覓字，此

㉘ 同注⑮，p.469。

㉙ 同注㉘。

㉚ 同注③，p.340。

篆之譌體。」㉛ 考《玉篇》覔、覛二字均讀作「莫狄切」，且中古時期从𠂢偏旁，或俗寫作爪，如派作泒隋卞鑒墓誌，㉜ 所以清初吳任臣《字彙補》於〈見部〉下有覝、䚃兩字，注云：「俱同覔」，㉝是知覔原作覛，而訛變作覔，就正字覔而言，俗字作覔，是爪的部件又訛變成不的部件。

2、桒（桑）　《說文》釋桑字形構作「从叒木」，考甲骨文作[illegible]前.一.六.六、[illegible]後.上.一.十一，正象桑樹之形，㉞ 今正字作桑，俗字作桒均是自古文字隸變而來。桑字作桒之形，時代甚早，於戰國末秦初睡虎地秦簡中即已寫作桒 379，㉟ 漢簡亦作桒武威漢簡，㊱ 中古碑銘文字作桒魏刁遵墓誌、桒隋元夫人崔暹墓誌，㊲ 而敦煌寫卷亦作桒。㊳ 雖然桑、桒都是自古文字隸變而來，然就正字而言，筆畫未有增減而形稍變化。

3、矦（矢）　《說文》釋矢字形構作「从入，象鏑栝羽之形」，就甲骨、金文而言，矢正象箭矢的形狀，《說文》「从入」未盡正確。㊴而今俗字作矦，應是從矢訛變，漢簡矢多作矢武威漢簡，矢居延漢簡，㊵ 至魏以後碑銘則有作矦魏皇帝東巡碑、矢隋王弘墓誌、矦大周

㉛ 參見《說文解字注》，p.575。

㉜ 同注❸，p.149。

㉝ 參見清吳任臣《字彙補》，p.204，上海辭書出版社。

㉞ 參見李孝定先生《甲骨文字集釋》，p.2059。

㉟ 洪燕梅《睡虎地秦簡文字研究．下篇》，p.92，政治大學碩士論文。

㊱ 同注❶，p.438。

㊲ 同注❸，p.204。

㊳ 同注㉗，p.72。

㊴ 參見林慶勳、竺家寧、孔仲溫合著《文字學》，p.179，國立空中大學。

㊵ 同注❶，p.584-585。

朝靖大夫行鄧州穰縣令上護軍南玄暕墓誌，㊶ 由此可見矢俗作⽮的訛變情形。

4、刁（刀）　《玉篇》云：「刀，都高切，兵也，所以割也，亦名錢，以其利於人也，亦名布，分布人間也。又丁幺切，《莊子》云：刀刀乎。亦姓，俗作刁。」由此可知正字刀，本是象刀之形，只有讀作「刀幺切」，作「刀刀乎」或姓氏才俗寫作刁，正字的末筆筆畫爲順撇，俗字的筆畫爲逆趯，二者筆法有別。

二、變聲

「變聲」是指訛變正字的聲符或聲符部件，以形成俗字的方式，其字例凡50個：

衼（祗）、珎（珍）、坘（坻）、壖（堧）、
（睓）、
郚（鄙）、雋（儁）、偹（備）、仾（低）、嫂（婈）、
顧（顧）、耶（邪）、拖（拕）、搯（搊）、脆（肥）、
恠（怪）、恡（恪）、悪（惡）、詠（診）、趂（趁）、
迤（迱）、欝（鬱）、蘲（虆）、蒜（蒜）、稬（稬）、
糯（糒）、鐵（鐵）、軫（軫）、軟（輭）、沲（沱）、
沵（沴）、沉（沈）、沍（泜）、済（濟）、㳒（沍）、
覇（霸）、臈（臘）、駞（駝）、鮀（鮀）、虵（蛇）、
賷（齎）、皷（皺）、繩（繩）、絡（絲）、袘（袉）、
禣（襦）、却（卻）、孺（孺）、酡（酡）、扻（扰）。

㊶ 同注❸，p.26。

在上列的字例裡，大多數的字例是將正字的聲符或聲符部件，作筆畫簡省的訛變，有小部分是屬於較正字的聲符或聲符部件增繁其筆畫的訛變，另外還有部分則是文字筆畫未有增繁或簡省，而聲符或聲符部件有訛變的情形，我們逐項地舉例討論於下。

（一）聲符或聲符部件簡省筆畫的訛變

這類的俗字，總共有27個字例，茲分別論述之：

1、衱（衹）、坘（坻）、伭（低）、沍（泜）　這4個字例，都是从氐的聲符，但是在俗寫上有兩個相近的字形，一作亙，一作互，考戰國末秦初睡虎地秦簡氐字或从氐聲符，其字形作 [illegible]日書.二例、[illegible]日書、[illegible]封診式，㊷ 至漢簡文字則作 [illegible]、[illegible]、[illegible]居延漢簡；㊸ 及北齊碑銘又簡作[illegible]齊宋買造像，㊹ 及唐五代敦煌卷子，則亙、互二形都同時使用流行，如低作伭、底作庢、厔，祗作袥，㊺ 由此可見俗字从氐聲符訛變趨簡的情形。

2、鄁（鄒）、㨂（搊）、皺（皺）、縐（縐）　這4個字例都是从芻得聲，而芻俗簡成兩個十分相近的字形，一作丑，一作彐。考漢代碑銘，鄒字已俗簡作[illegible]孔宙碑陰，㊻ 而魏晉南北朝則作[illegible]魏張猛

㊷ 同注⑫，p.181、p.188。

㊸ 同注❶，p.474。

㊹ 同注❸，p.50。

㊺ 同注㉗，p.5、p.13、p.20、p.21。

㊻ 同注⑮，p.434。

龍碑、郚齊高叡修寺碑，迄唐則訛簡作郶唐董惟靖墓誌、郶唐范重明墓誌。㊼

3、㑺（儁） 儁爲俊的異體字，依其形音義，應如俊字，从雋得聲。又雋字，《說文》釋其形構爲「从弓隹」，由此可知所从冂的部件，原是弓字，弓，甲骨文作[弓]後·下·一三·一七、[弓]後·下·三〇·四，金文作[弓]虢季子白盤、[弓]曹鼎，顯見象弓之形，有弛弓解弦之形，也有繫弦成弓之形，而雋、㑺所从冂、乃二形均取弛弓之形，均是弓字，唯經隸變，一作冂，一作乃，論其來源均自古文字，而前者爲正，後者爲俗。考俗字㑺，其所从聲符隽，於東漢熹平石經，即作[隽]，㊽而於魏朝碑銘則作[㑺]銘寇憑墓誌、[㑺]魏侯海墓誌，㊾由此可知俗字㑺的來源很古，在東漢也曾經是官方規範正字，而宋《玉篇》則視爲俗字。

4、俻（備）、糒（糒） 《說文》釋備、糒二字均从𤰈得聲，𤰈，篆文作[𤰈]，《說文》析形爲「从用苟省」，考俗字作备，其實在《說文》的古文，已有一點類似的構形，在備字下載古文作[𠈈]。又戰國末秦初睡虎地秦簡備字作[備]秦律·二十五例，㊿及漢簡帛文字則漸訛變作[備]、[備]、[備]漢帛書、[備]居延漢簡、[備]、[備]武威漢簡，漢碑銘作[備]白石碑、[備]樊敏碑，51是以至漢樊敏碑，已有俗備字的形貌，而魏以下碑銘則作[俻]魏溫泉頌、[俻]齊堯峻妻故獨孤氏墓誌銘、[俻]隋甯贊碑、

㊼ 同注❸，p.441-442。

㊽ 同注❷，p.1393。

㊾ 同注❸，p.510。

㊿ 同注⓬，p.129。

51 同注❶，p.63；同注❷，p.143-144。

俻唐大泉寺三門記，可見至隋唐从葡俗寫作备，應是相當流行，在唐五代敦煌卷子，備亦多作俻、偹。[52]

5、嫂（姭）　《說文》姭作「从女変聲」，今俗作嫂是正字姭的異體字將聲符連筆作叟而成。考魏碑銘从変聲符如搜作㨗魏長平縣男元液墓誌、㨗魏皇甫驎墓誌，又至晉則作嫂晉左棻墓誌。[53]

6、頋（顧）　顧字《說文》釋其形構作「从頁雇聲」，而俗字聲符作厄係訛省，考漢碑刻即作頋樊敏碑，[54]至魏晉碑銘已概如《玉篇》俗字，作頋魏孝文皇帝弔比干文、頋魏元朗墓誌、頋晉張朗碑、頋晉孫夫人碑，[55]可見俗字頋，其來源不算晚，流行時間也頗長。

7、悋（恪）　恪字从各得聲，而俗字悋，變正字聲符各作叐，各字《說文》釋形爲「从口文聲」，文，古文字象錯畫交文之形，如甲骨文作文後.下.一四.一三、金文作文毛公鼎，[56]所以各所从文字，俗寫作⺮，是自古文字象交文訛變而來，至於从口作从厶，是漢魏以來頗常見的情形，如嚴字作嵓西狹頌、園字作薗魏孝文帝弔比干文、園隋張伏敬墓誌，圓字作圎唐齊州禹城縣令隴西李庭訓夫人清河崔上眞墓誌，[57]由此可知恪訛俗作悋的路徑。

---

[52] 同注[3]，p.303-304；同注[31]，p.66。
[53] 同注[3]，p.386；同注[15]，p.885。
[54] 同注[2]，p.1448。
[55] 同注[3]，p.767；同注[15]，p.631。
[56] 參見高明《古文字類編》，p.82。
[57] 同注[2]，p.425；同注[3]，p.380。

8、悪（惡）　《說文》釋惡字从心亞聲，俗字作悪即顏之推《顏氏家訓·書證篇》所謂「惡上安西」，[58]惡字的亞聲所以訛變，恐亞字筆畫曲折難以書寫，所以在漢代碑銘已經訛變作悪西狹頌、悪石門頌，[59]至魏碑銘則已作悪魏孫遼浮圖銘、悪魏元壽安墓誌。[60]

9、欝（鬱）　《說文》釋鬱形構為「从林鬱省聲」，因此俗字作欝，是屬於聲符的訛省。而正字鬱的形體筆畫，確實繁重複雜，因此早在戰國末秦初的睡虎地秦簡裡，便已經簡省作欝封診式，[61]鬱字俗作欝，見於魏以來碑銘，作欝魏元宥墓誌、欝隋宮人三品樊氏墓誌。[62]

10、𧃍（虋）　《說文》釋虋形構為「从艸釁聲」，俗字作𧃍，則是將聲符釁的部件𦥯訛省作且。考釁字省作舋應在魏朝，如當時的碑銘文字作舋魏孝文帝弔比干文、舋魏西陽男高廣墓誌，可以說就已經將𦥯的部件訛省作且，可見虋俗作𧃍也應在此時。

11、軟（輭）　輭字从耎得聲，耎則是作「从大而聲」結構，而俗作軟，欠與耎音義均不相同，但考耎字睡虎地秦簡作耎，漢孫臏兵法簡作耎，欠字馬王堆漢墓竹簡作欠，[63] 因此形體雖然不同，但

---

[58] 參見王利器《顏氏家訓集解》，p.515，北京中華書局。

[59] 同注[2]，p.1372。

[60] 同注[3]，p.324-325。

[61] 同注[12]，p.90。

[62] 同注[3]，p.812。

[63] 同注[15]，p.736、p.619。

從㔾字下半部來看，則有其相似之處，所以推知欠可能是從㔾訛簡而來。《說文》中並無輭字，而漢簡中已有軟字，作軟居延漢簡。[64]

12、済（濟）《說文》釋濟字形構作「从水齊聲」，而俗作済，則是聲符訛省而來。考漢簡文字，已俗作済居延漢簡，至魏碑銘作済魏郭顯墓誌、済魏邑子席嵩等木刻造像題記，[65] 已頗近済形。

13、覇（霸）《說文》釋霸字形構作「从月䨣聲」，俗字作覇，係訛省聲符䨣而來。考霸字的訛省，在漢簡文字裡便已經發生了，作覇居延漢簡、覇甘谷漢簡，[66] 至魏以來則作覇魏赫連悅墓誌、覇唐皇朝潞州司法秦脩墓誌銘。[67]

14、臈（臘）《說文》釋臘字形構作「从肉巤聲」，俗字作臈，則純粹是由巤訛省作葛，跟聲音的遞換沒有關聯。考臘字漢簡帛文字作臈漢帛書、臈、臈居延漢簡，而漢以來碑銘文字則作臈漢張遷碑、臈苻秦廣武將軍口產碑、臈魏廣猛妻元瑛墓誌，[68] 由此可明白俗字臈其形成的路徑。

15、虵（蛇）《說文》釋蛇爲它的或體，於「它」字下云：「蛇，它或从虫。」當它从虫作蛇，它則應爲聲符，其既是重義，亦是表聲。而蛇的俗字作虵，應是形音相近的訛省，蓋它、也二字，上古聲紐均屬舌頭音，部位相同，字形上，它篆作㐌，也篆作𠄟，頗爲相近，所以自來从它聲字多俗簡成从也聲，例如佗字居延漢簡作他，紽字魏

---

[64] 同注[1]，p.795。
[65] 同注[1]，p.507；同注[3]，p.634。
[66] 同注[1]，p.896。
[67] 同注[3]，p.766。
[68] 同注[1]，p.680；同注[3]，p.719-720。

碑銘作紞魏瀛州刺史元廞墓誌，[69]不勝枚舉，而此俗作虵，亦見於漢簡及碑銘，作虵武威醫簡、虵石門頌，[70]可見其來源頗早。

16、賷（齎） 《說文》釋齎字形構作「从貝齊聲」，而俗字作賷，則是聲符的訛省。考齎字於漢簡帛文字作賷漢帛書、賷居延漢簡，[71] 由此即可知賷字的形成。

17、繩（繩） 《說文》繩字釋形構作「从糸蠅省聲」，而所从黽的部件，我們於前小節〈變形・（一）〉的第11例「黽」字已作論述，茲不贅。考漢簡文字，繩作繩漢帛書、繩居延漢簡、繩武威漢簡，[72] 可見俗字繩的來源甚早。

18、襦（襦）、孺（孺） 襦、孺二字均是从需得聲，而俗字作襦、孺，則是其聲符需字的筆畫改斷為連訛省來的。考需訛省作需，其時代約是漢代，如戰國末秦初睡虎地秦簡裡，襦字雖已有變，猶作襦封診式・四例，至漢代簡帛文字則作襦漢帛書、襦居延漢簡，而孺字也作孺敦煌漢簡，最明顯地則是同樣从需得聲的繻字作繻武威漢簡，[73]由此可知俗寫作需的時代與形成的路徑。

19、却（卻） 《說文》釋卻字形構作「从卩谷聲」，所从谷聲，《說文》云：「谷，口上阿也，从口上象其理。」而正字作卻，俗字作却，其實都是由古文字隸變的結果。正文猶然保持篆文大略的字形，然仌的部件，已變作仌，所以所从谷，已似谷字。而俗寫則是將

---

[69] 同注[15]，p.553；同注[3]，p.291。

[70] 同注[15]，p.959。

[71] 同注[1]，p.953。

[72] 同注[1]，p.648。

[73] 同注[12]，p.133；同注[1]，p.732、p.220、p.649。

从谷，隸變作去，谷訛變成去，是相當普遍的情形，如戰國中晚期金文盍字作[illegible]楚郙陵君鈇盍，戰國楚簡作[illegible]包山楚簡、[illegible]望山二號墓楚簡，而睡虎地秦簡又作[illegible]，侯馬盟書作[illegible]，⓻⓸雖然从谷與盍字从合，並不相同，但形體極爲相近，而盍字所从合省變作去，却字所从谷也同樣省變作去，所以俗作却也是隸變訛省而來。又考俗字却，於漢簡帛即作[illegible]漢帛書、[illegible]江陵漢簡、[illegible]、[illegible]居延漢簡、[illegible]武威漢簡，⓻⓹由此可知卻俗作却其發展甚早。

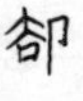

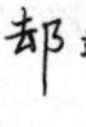

（二）聲符或聲符部件稍增筆畫的訛變

這一類的俗字，計有8個字例，茲分別論述之：

1、壖（堧）、嚅（啰）、穤（稬） 堧、啰、稬三字都是从耎得聲，而俗字都將得聲的耎訛增筆畫成需字，耎與需，原本即形音義不相同，《說文》云：「耎，稍耑大也，从大而聲，讀若畏偄。」又云：「需，䇓也，遇雨不進止，䇓也，从雨而。」但是由於《說文》中有許多从需得聲之字，在音義都與耎相通如儒、懦、濡等，因此清朱駿聲《說文通訓定聲》以爲需字「當从雨从耎省會意，即今所用濡溼字」，⓻⓺關於需與耎字的關係，個人目前尚未能進一步提出意見，但以爲從古文字形體而言，原應是作柔軟音義而作需字聲符的字，如同此處堧俗作壖、啰俗作嚅、稬俗作穤一樣，可能是耎與需形體筆畫互通的結果。耎字篆作[illegible]，需字作[illegible]，二者在秦漢則十分相似，如

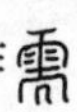

⓻⓸ 參見拙文〈釋盍〉，發表於 1996 年 11 月，《于省吾先生百年誕辰紀念論文集》，吉林大學。

⓻⓹ 同注❶，p.126。

⓻⓺ 參見朱駿聲《說文通訓定聲》，p.403，藝文印書館。

耎字睡虎地秦簡作耎封診式，需字在居延漢簡作需，[77] 二者就在耎字从大的字形跟需字从而的字形上略微差異而已。所以漢以來从需得聲字多寫作从需，如濡字作濡居延漢簡、濡衡方碑，儒字作儒晉孫夫人碑，[78]而以耎聲符，也早有作从需，如稬字在睡虎地秦簡就作稬秦律，[79] 所以如果從《玉篇》正俗的角度來看稬字，其俗字的來源很早，可歸爲聲符增繁的訛變，但是就耎需二字糾纏不清的情形，恐需另外討論了。

2、耶（邪） 邪字《說文》釋云「从邑牙聲」，牙字篆文作牙，其字形與耳（耳）字形體頗爲接近，戰國末秦初睡虎地秦簡，猶作邪語書、邪秦律，[80] 至漢簡帛有作邪縱橫家書、邪孫臏兵法簡，與秦簡相同，但也有訛變耶西陲簡，牙的聲符訛作耳形，部分漢碑銘也作耶史晨碑、耶袁博殘碑，[81] 而晉南北朝碑銘則作耶晉鄭鋈妻劉氏墓誌、耶齊法懃禪師塔銘，[82] 由此可見牙訛增耳的情形。

3、脆（肥） 《說文》釋肥字形構作「从肉絕省聲」，而俗作脆，則是從其省聲的㔾，訛變作危的形體，基本上絕與危沒有聲音上的關聯，純粹是形體的演化。考唐五代敦煌卷子肥即作脆。[83]

4、恠（怪） 《說文》釋怪字形構作「从心圣聲」，而俗字作恠，則是從圣的聲符形體略作訛變而成。其實圣與在形體十分相近，

---

[77] 同注[15]，p.736；同注[1]，p.895。

[78] 同注[1]，p.507；同注[15]，p.786、p.547。

[79] 同注[12]，p.111。

[80] 同注[12]，p.100。

[81] 同注[15]，p.436。

[82] 同注[3]，p.75。

[83] 同注[27]，p.68。

在睡虎地秦簡裡，怪字作怪法律答問·二例，至南北朝碑銘文字作恠齊李夫人崔室華墓誌，唐五代敦煌卷子作恠，[84] 由此可知《玉篇》恠字的衍變過程作：怪→恠→恠。

5、扗（扻） 扻字如果從俗字扗的字形對應關係來看，其止的部件，我們會自然地考慮爲「反正爲乏」的乏字，且從古文字如金文作乏中山王方壺，[85] 睡虎地秦簡作乏、乏法律答問，[86] 而漢簡文字也作乏居延漢簡、乏敦煌漢簡、乏武威漢簡，[87]，在字形上稱扗爲扻的俗字，似乎理所當然。但此字所从止恐非乏字，何以知之，我們從《玉篇》所釋音義可知，《玉篇》云：「扻，子一、子列二切，擿也，又阻合切，挈也，俗作扗。」從音讀觀之，止非乏字，應是心字。考《廣韻》入聲韻質韻下有「抳，抳擿」，讀「資急切」，又入聲薛韻下又有「抳，抳擿去也」，讀「子列切」，其音義與《玉篇》合，另外扗又見於《類篇》，作「扗，作答切，持也。」又與《玉篇》相合，因此，可知正字形體作扻應是抳形變。而作扗則是形近而訛變，值得注意的是明宗文堂本則析扻、扗爲二字，扗不爲扻的俗字，可能是發現有不合之處而刊改。

6、鐵（鐡） 《說文》釋鐵字形構作「从金㦸聲」，俗字作鐡，則是聲符逐漸訛變而來，考鐵字於睡虎地秦簡做鐵秦律雜抄·五例，至漢簡文字則演變作鐵居延漢簡、鐵敦煌漢簡，而於魏晉以下則作鐡魏冀州刺史元昭墓誌、鐡隋宋仲墓誌。[88] 不過這個訛變，形體筆畫略微增

---

[84] 同注[12]，p.165；同注[3]，p.142；同注[31]，p.35。

[85] 同注[56]，p.90。

[86] 同注[12]，p.18。

[87] 同注[15]，p.102。

[88] 同注[12]，p.207；同注[1]，p.860；同注[3]，p.766。

加而形體相近，尤其有意思的，鐵字《玉篇》讀作「他結切」，中古韻部屬屑韻，而截字讀作「在節切」，也屬於屑韻，但聲紐不同，所以二者還有聲音的關係。

（三）聲符或聲符部件筆畫未有增減的訛變

這個類型總共有15個字例，茲舉例論述如下：

1、珎（珍）、訡（診）、趂（趁）、軩（軫）、沵（沴） 這些字例都是正字从㐱得聲，而俗字則變改㐱字的書寫作尔這字形。考所从㐱，在先秦尚作正字寫法，如金文渗（沴）作王孫鐘、軫作番生𣪘，[89]而睡虎地秦簡則作封診式·三例，[90]至漢則訛變作尔形，如珍字作流沙墜簡、鮮于璜碑，軫字作衡方碑。[91]

2、拖（拕）、迤（迱）、沲（沱）、駞（駝）、鮀（鮀）、袉（袉）、酡（酡） 上列諸正字均从它得聲，而俗字則由它訛變作㐌。考它字篆文作，其既有訛省成也，如蛇俗作虵，爲何又訛變作㐌。我們從先秦迄兩漢簡帛文字它字的寫法便可知曉，其字形作睡虎地秦簡·法律答問·二十九例、睡虎地秦簡·秦律雜抄、江陵漢簡、居延漢簡，而也字作信陽楚簡、秦律·八例，[92]因此我們可以推知它字的部件，在隸變的時候，有的訛省作也，有的則訛變成㐌。

3、蒜（蒜） 《說文》釋蒜字形構作「从艸祘聲」，俗字作蒜，則是將文字筆勢略作改變，爲筆畫並未有增減的訛變。

---

[89] 同注[56]，p.479，p.339。

[90] 同注[12]，p.35。

[91] 同注[15]，p.21、p.1024。

[92] 同注[12]，p.199、p.187；同注[1]，p.220-221，p.21。

4、沉（沈）　《說文》釋沈字形構作「从水冘聲」，而俗字作沉，則是聲符冘字的筆勢略作改變而成。考兩漢沈字已有作沉淮源廟碑、沈白石神君碑。[93]

5、泀（沍）　沍字應是从互得聲，而俗字互作彑，在筆畫上未有增減，也是一種筆勢的變化。考唐五代敦煌卷子中互字作 牙，[94]正與此同。

三、形聲皆變

「形聲皆變」是指同時訛變正字的偏旁、形符部件與聲符或聲符部件，以形成俗字的方式。其字例凡3個：

㭙（叔）、属（屬）、所（所）。

茲分別論述如下：

1、㭙（叔）　《說文》釋叔字形構作「从又尗聲」，而俗字作㭙，已看不出原有的形聲結構，其實叔字自古文字隸變而來，俗字㭙又何嘗不然，考睡虎地秦簡叔字就有作𠦑法律答問.三例、赦日書字形，[95] 由這裡我們可以看出赦即叔字，而𠦑字若將尗與又的筆畫相連拉直就十分近似㭙字了。且漢簡與漢碑刻叔字均多俗寫作：𠦑武威漢簡、㭙禮器碑，[96]可見得俗字㭙的來源甚古。

---

[93] 同注[15]，p.804。

[94] 同注[27]，p.6。

[95] 同注[12]，p.42。

[96] 同注[2]，p.287。

2、属（屬）　《說文》釋屬字形構作「从尾蜀聲」，而俗字作属，顯然省變其从尾的偏旁，與从蜀的聲符。考睡虎地秦簡屬字，「从尾蜀聲」的形構已略變作屬秦律、屬效律.三例，至漢簡文字則又變作屬、屬居延漢簡，而漢代碑銘則已變作属桐柏廟碑、属楊統碑，[97]由此可明白俗作属的演化過程。

3、所（所）　《說文》釋所形構作「从斤戶聲」，而俗字作所，則是直接連結斤戶形符聲符的筆畫而成。在睡虎地秦簡已略見連結的形貌作所日書.七十五例，至漢已訛變作所，有作所居延漢簡、所西狹頌、所張君碑。[98]

---

[97] 同注[12]，p.137；同注[1]，p.260；同注[2]，p.676。

[98] 同注[12]，p.209；同注[2]，p.883。

第五節　複生

所謂複生，是指俗字由正字演化而來，它採用了簡省、增繁、遞換、訛變等四種方式，甚至連同假借的方法，至少採用了兩種，或一種兩次以上的衍變方式。不過一種兩次以上與訛變有點不同，即複生的衍變較有規律，與訛變就筆畫上的變化不大相同。由於複生較為複雜，許多俗字的形成過程都不相同，因此，本節則僅依序討論。茲列舉複生的字例28個如下：

瑘（邪）、瑙（碯）、𣊭（疆）、个（個）、仒（攀）、
躰（體）、拆（析）、闘（鬭）、蹲（腨）、偲（愆）、
慗（赦）、詈（辯）、虧（虧）、餝（飾）、邑（豚）、
窓（窻）、屎（菡）、柒（桼）、藂（叢）、蕹（饔）、
䵂（黏）、糯（稬）、塩（鹽）、鏁（鎖）、准（準）、
璽（鬴）、蝆（蠶）、䎡（曰）。

1、瑘（邪）　《玉篇》云：「瑘琊郡，正作邪」，顯然這個俗瑘字，是在作琅邪郡的時候，所專用的俗字，因為邪字受到詞彙意義的影響，所以如同琅字，而增繁了玉的偏旁，而邪的形體作耶，我們在上一節〈訛變・變聲〉的小節裡便討論過，於漢代的簡帛文字裡，邪字从牙的形體經常訛作耳形。所以琅邪的邪，俗作瑘，是經增繁與訛變的兩種方式複生而俗的，考唐代碑銘有作瑘唐王端墓誌。❶

❶ 參見秦公・劉大新《廣碑別字》，p.281，國際文化出版公司。

2、瑙（磠）　《玉篇》云：「俗以碼磠作瑙」，這個瑙作磠的俗字，其實碼磠就是瑪瑙，它是一種玉石，所以从玉或从石的偏旁，皆相通，因此俗字从玉，這是偏旁遞換的方式。至於聲符从𡿺，而俗作㞢，應是一種訛省的方式。而考南北朝碑銘文字瑙字正作瑙齊襄城郡王高清墓誌，可以爲證。❷

3、畺（疆）　《說文》釋疆字形構作「从土彊聲」，如果依《玉篇》以畺爲疆的俗字來看，疆的意義指界限、田界，作畺則是省去聲符彊的部件弓，再加上田部的偏旁。所以是經減省弓、增繁田的演化方式。

4、个（個）　《玉篇》云：「鄭玄注《儀禮》云：俗呼个爲個。」由鄭注可知在東漢時，個字經常俗作个，但考《說文》無個字，而有箇字，从人偏旁的個應爲後起。《說文》云：「箇，竹枚也，从竹固聲。」更值得注意的是在箇字下有異體字个，又云：「个，箇或作个，半竹也。」竹字作竹，象竹葉下垂之形，个，則只是竹字的半形，稱之爲象形應亦可也。而个與枚均屬量詞，段注曾自《史記正義》引劉熙《釋名》佚語云：「竹曰个，木曰枚」，❸所以可能古代作爲算籌，以木爲之稱爲枚，以竹支爲之則稱爲个，究竟个、箇二字孰先孰後，不易考定，然許慎以箇爲正篆，以个爲異體。倘以箇爲本字，作个則是從其省形、省聲而來，而箇與個的關係爲異體，則是偏旁从竹从人的遞換，所以就《玉篇》以个爲個的俗字而言，它是複生的關係，但

---

❷ 同注❶，p.406。

❸ 參見段玉裁《說文解字注》，p.196。

事實上，个的孳生時代可能極早，不過目前在漢簡中可見其作个个武威漢簡。❹

5、攀（攀）　攀字《說文》作拱的部件位置，釋其形構作「从手樊聲」。而俗作攀，是手的偏旁遞換成人的偏旁，而樊訛省作夕，樊字的訛省，考樊字於漢璽印即作樊漢印文字徵，所从爻部件已作从文，而漢刻石也作樊。❺魏以後的碑銘文字，則有作樊魏寇霄墓誌、樊隋宮人三品樊氏墓誌、樊唐吏部常選夏侯璿前妻樊後妻董合葬墓誌銘，所从爻的部件又進一步訛變成夕之形，所以攀字魏以下也作攀魏檀賓墓誌、攀唐宣威將軍左驍衛河南府永嘉府折衝都尉上柱國王元墓誌，❻因此可以推知夕的形符，是由樊的字體省形而來。

6、躰（體）　體字是形聲字，而所从骨的偏旁遞換成从身的偏旁，我們在本章第三節〈遞換〉稱爲「意義相關而偏旁遞換」，俗字作躰，蓋作會意字，指體是人身之本幹也，是又改形聲結構作會意結構，也是屬遞換方式。

7、抳（析）　正字析俗作抳，就偏旁木變作扌，在本章第四節〈訛變〉裡論「形符偏旁簡省筆畫的訛變」時，曾言及此爲漢以來因書寫上連筆與筆勢的關係，造成木與扌偏旁不分的情形。至於斤俗成片，這應屬形體的訛變，考魏晉以來碑銘文字析字則作折魏冀州刺史元昭墓誌、析魏江陽王元乂墓誌、抳魏富平伯于纂墓誌、抳隋嚴氘貴墓誌，❼由此可見俗字抳在魏時即已流行。

---

❹ 參見王夢鷗《漢簡文字類編》，p.4，藝文印書館。

❺ 參見漢語大字典字形組編《秦漢魏晉篆隸字形表》，p.181，四川辭書出版社。

❻ 同注❶，p.535、p.711-712。

❼ 同注❶，p.109。

8、鬪（鬭） 鬭字，《說文》作「从鬥斲聲」，但从鬥的偏旁自戰國末秦初的睡虎地秦簡就俗寫成从門。而鬭字篆文作，在睡虎地秦簡裡已作封診式、日書之形，❽斲聲字形的部件，已漸變成豆形，入漢之後又加以簡省，漢簡帛文字作漢帛書、銀雀山漢簡，更值得注意，此時已有居延漢簡字，❾與今俗寫完全相同，但是我們不免會發現爲何聲符有斲→斵→尌這樣的演變，主要除了形近之外，還有䀇與豆的讀音相同，上古聲紐皆屬定紐 *d'–，韻部則屬16侯部 *–au，照理斲遞換成斵應已足以表聲，而斵遞換成尌，斤變成寸，則恐怕不是訛變，而是有意義的遞換。考《說文》在殳部下有豛字，釋云「繇擊也」讀音同豆，而在古文字中从殳、从攴、从又、从寸等偏旁經常是相通的，所以俗字从尌，正是豛字，因此俗字由鬭演化成鬪，經過省變、遞換的方式而來的。

9、蹲（腨） 腨字《說文》釋其形構作「从肉耑聲」，而俗字蹲，則是以足的偏旁遞換肉的偏旁，以專聲遞換耑聲，考專《玉篇》讀作「之船切」，中古聲紐屬照紐仙韻，耑讀作「丁丸切」，則屬端紐桓韻，照紐古音讀同端紐，所以在正齒音尚未分化的時候，聲紐相同，而韻部雖是一在仙韻、一在桓韻，然而中古等韻圖均屬山攝而同圖，只是等第的差別，由此可見中古韻部關係密切，音值接近，且上古皆屬3元部 *–an，可見得專、耑上古音完全相同，其聲符遞換毫無疑問。

10、愢（愆） 愆字的俗寫作愢，從字形上看，除了心部相同外，聲符衍演變爲佷，其實是逐步訛變形成的，我們從魏晉以來的碑銘文

❽ 參見張守中《睡虎地秦簡文字編》，p.41，文物出版社。

❾ 參見陳建貢、徐敏《簡牘帛書字典》，p.933，上海書畫出版社。

字，就可以了解其訛變的過程，其作𢕌魏齊郡王妃常氏墓誌、㥪魏傅母王遺女墓誌、㥪魏赫連悦墓誌、㥪齊平等寺殘碑。❿不過俗字㥪也是有可能受到籀文㥪的影響而訛遞，考春秋末《侯馬盟書》㥪字作[illegible]一八五·七、[illegible]一九四·一二，⓫因㥪字或許也可省去諐字言的偏旁，而再由㥪字訛變成㥪字。

11、㥽（赧） 㥽字自赧字的衍變，則是先有赧字从㞋得聲先遞換聲符爲从皮的形符，有關赧之作赧，已在本章第三節〈遞換・形聲互換〉中討論。在演變爲赧之後，再增繁其从心的偏旁，以加強其「面赧而赤」的心理羞慚意義。

12、訔（辯） 《說文》釋辯字形構作「从言在辡之閒」，爲會意。辡字《說文》釋其本義爲「辠人相與訟也」，所以辯有辯訟的意思。考隋唐以來取辯訟之意而另造俗字爲訔，即巧言也，作訔隋李君訔造像、訔隋鄧口墓誌，⓬所以清吳任臣《字彙補》於訔字下注：「一云辨字，本作訔，北齊所造也。」⓭明張自烈《正字通》也載稱辯，俗作訔，又譌从功。⓮由此可知俗作訔，是由訔字訛變而成。

13、虧（虧） 《說文》釋虧字形構作「从亏虗聲」，爲形聲字，然許慎又云「虧或从兮」，其實亏與兮，形體相近，意義均指語氣詞，又相通，所以偏旁可以互換。又聲符虗與虛的遞換，虗、虛二字均从

---

❿ 同注❶，p.387。

⓫ 參見山西省文物工作委員會編《侯馬盟書》，p.349，文物出版社。

⓬ 同注❶，p.765。

⓭ 參見《字彙・字彙補》，p.206，上海辭書出版社，文中「辨」應爲「辯」之誤。

⓮ 參見張自烈《正字通》，酉集上，p.39。

虍得聲，聲音相同，俗作虛自然較雇筆畫爲減省。考虧字見於唐五代敦煌俗字作虧。⑮

14、餝（飾）　《說文》云：「飾，㕞也，从巾从人，从食聲。」俗字作餝。餝字原本不屬於飾之俗字，而是飭之俗寫。《說文》云：「飭，致臤也，从人力，食聲。」由此可知飾、飭二字是意義不同但讀音相同，形體極相似，因此在漢時便混用不別，如馬王堆漢墓《帛書老子》乙本云：「天逆其時，因而飾之」，飾字作[illegible]，⑯此處飾即應讀作飭，而俗字餝，原是飭的俗字，實餝與飭形體比餝與飾形體接近，且石門頌：「功飭爾要」，飭作餝。⑰因此個人以爲餝爲飾之俗，是飾與飭相通假，而餝由飭訛變而來。

15、㞬（豚）　《說文》無豚字而有豚字，個人以爲豚恐豚之訛。澤存堂本《玉篇》云：「㞬，都谷切，俗豚字。」此字中古音讀作端紐入聲屋韻，而豚字《玉篇》云：「豚，睹朔切，尻也。」中古知紐入聲覺韻，二者聲音極爲相近。豚字《玉篇》作「徒昆切」，中古音屬定紐平聲魂韻，聲紐雖然相近，但聲調韻部均相去甚遠，且明宗文堂刊本於㞬字下豚作豚，尤啓人懷疑，其實澤存堂本作豚，從切語觀之可能是《玉篇》重修時的原貌，明刊本校正作豚是也，但與音切恐相違矣，不過此字的音切，就其形義而言，可能是有了豚字之後，後起的訛讀，考古文字中，豕與豖在形義上相近相關，《說文》云：「豕，彘也，竭其尾故謂之豕，象毛足而後有尾。」又云：「豖，豕絆足行豖豖也，从豕繫二足。」雖相近相關，畢竟有別，但許慎在「豕」下

⑮ 參見金榮華主編《敦煌俗字索引》，p.143，石門圖書公司。

⑯ 同注❺，p.539、p.1380。

⑰ 同注⑯。

又云：「按今世誤㠯豕爲豖」，可見得在許慎時，豕、豖常常混用不別，因此豚誤寫成豚，再生从豖聲的音讀。至於豚何以俗作启，《說文》釋豚本義爲「小豕」，而豚假借爲臀，《玉篇》云：「臋，徒昆切。」豚、臋聲音完全相同，且《說文》云：「𡱂，髀也，从尸下丌尻几。」又云：「臀，𡱂或从骨殿聲」，而臀即臀字，由此可知启即是𡱂訛變而來，而《玉篇》因假借而作爲豚字的俗寫。

16、窓（窻）　窻字原作窻字，《說文》釋形構作「从穴悤聲」，爲形聲字。然聲符悤字，也是一個从囱得聲的兼聲字，在本章第三節〈遞換·換聲〉小節裡，曾論及从悤的聲符，漢代碑銘文字多俗作忩，也就是以公遞換囱，爲聲符聲異韻同的遞換。按理窻字遞換之後應作窓，然以字形筆畫繁重，又簡省作窓，所以俗作窓，是以遞換跟簡省複式變化而成的。

17、屎（菌）　《說文》云：「菌，糞也，从艸胃省。」菌是會意結構，爲糞屎的本字。《玉篇》以屎爲菌之俗字，如果就菌與屎的關係而言，屎字的形成可以複生形式看待，蓋屎从尸，米象屎之形，米非稻米字。尸字甲骨文作 甲·二七七、 粹·一一八七，李孝定先生《甲骨文字集釋》以爲「象下肢下垂」，且「疑象高坐之形」，[18]徐中舒《甲骨文字典》亦稱「 象屈膝蹲踞之形」，且「夷人多爲蹲居與中原之跪坐啓處不同，故稱之爲 尸人。」[19]李、徐二先生之說雖略有別，其義近似，頗爲可信， 正象人蹲居之形。而米象屎之形。許慎《說文》在糞字下引官溥說云：「似米而非米者，矢字。」糞即菌，文中矢爲屎的假借。由此可知尸下之米，正是「似米而非米」的

---

[18] 參見李孝定先生《甲骨文字集釋》，p.2745，中央研究院歷史語言研究所專刊之五十。
[19] 參見徐中舒主編《甲骨文字典》，p.942，四川辭書出版社。

屎糞。推考屎字的源頭，事實上應該比菌還更早，在甲骨文中有作前·四·二八·七、存·二·一六六，胡厚宣先生釋作屎，[20]李孝定先生亦論曰：「惟證以卜辭字，則屎，當爲訓糞之初文，字正象人遺屎形，契文育亦作，象育子之形，正與屎之構造同，以⺌若⺌乃象所遺屎形，……契文尿字作，象人遺溺形，與此同意。」[21]此後徐中舒先生也採同李說。[22]另外，《玉篇》又云：「⿸尸矢，施視切，糞也，與矢同，俗又作屎。」屎爲俗字兩見，但從前面的論述，我們可以推知⿸尸矢爲形聲結構，取蹲居人形的尸，再加上假借矢爲屎的矢聲，就字源而言，⿸尸矢字也應是後起。

18、柒（桼）　《說文》云：「桼，木汁可以髹物，从木，桼如水滴而下也。」所以桼的本義指漆樹的漆汁，爲象形字。而俗字作柒則是源自桼衍變的漆字，再將漆的聲符桼遞變成⿱七木的形聲結構，以桼與七讀音相同，而柒則是再由柒省形而來。考桼字之演變在睡虎地秦簡作日書，[23]至漢簡文字則訛變成居延漢簡、武威漢簡，[24]所以桼是先成来，再變成⿱七木。而漆字在漢代碑銘正作禮器碑、熹平石經，[25]迄唐則俗作柒，如唐碑銘文字作唐營繕監左右校署令宣德郎張仁師夫人關氏墓誌。[26]

---

[20] 參見陳夢家《殷虛卜辭綜述》，p.538所引。

[21] 同注[18]，p.2753。

[22] 同注[19]，p.943。

[23] 同注[8]，p.92。

[24] 同注[9]，p.439。

[25] 同注[5]，p.778。

[26] 同注[1]，p.150。

19、蔟（叢）　《說文》：「叢，聚也，从丵取聲。」叢是形聲字，而釋本義爲「聚」，並未專指所聚爲何？但是由所从丵，《說文》釋義云：「叢生艸也」，是可知本義的「聚也」，所聚爲艸，因此俗字蔟，顯然取艸聚之義而會意。但我們在本章第三節〈遞換·形聲互換〉小節裡，曾論及俗字蔟，也作爲藂的俗字，可見得蔟是一字二俗，不過由此我們也可以推知當叢字作叢生草的意思，藂應是叢的異體字。

20、薤（韰）　《說文》釋韰字形構作「从韭㱿聲」，俗字作薤，是偏旁韭不變，聲符㱿則減省僅留歺的部件，再以韰義爲「葷菜」，於是添增艸的偏旁，所以薤的衍變是有減省、有增繁的複生方式。

21、麵（黏）　《說文》云：「黏，黏也，从黍古聲。」俗字作麵，是遞換偏旁，將从黍的偏旁換成从麥，大抵黏黏，黍麥皆可爲之。而聲符由古變爲胡，則是添增聲符部件，胡字爲「从肉古聲」，因此黏、麵古音相同。

22、糯（稉）　有關正字稉的俗字，有稬、糯二字，稬字，我們已在前面〈訛變·變聲〉小節裡分析所俗爲聲符或聲符部件稍增筆畫的訛變。又此處的俗字糯，則是以俗字稬爲基礎，再遞換偏旁，改禾爲米而成。

23、塩（鹽）　《說文》釋鹽字形構作「从鹵監聲」，而俗作塩，形構上是形聲皆變，將从鹵的偏旁，直接省訛作口的形符，从監的聲符，則遞換了監的部件臣，而改作土，蓋若海鹽的生產是曝曬於鹽田而如土狀。所以俗字塩採省形與遞換的方式衍變而成。考鹽字的俗變，約在漢代就變作：[illegible]、[illegible]武威漢簡、[illegible]居延漢簡、[illegible]馬王堆漢簡，

㉗从鹵的偏旁已有明顯的訛省。至魏以後則聲符部件遞換了土的偏旁作塩魏司空穆泰墓誌、塩齊道興造像、塩隋范安貴墓誌銘、塩唐楊百隴墓誌、塩唐河府探鹽使諱匡圖墓誌，㉘唐五代敦煌俗字也作塩，㉙由此可見其成俗的路徑。

24、鏁（鎖） 《說文》鎖字形構作「从金貨聲」，俗字作鏁，是輾轉俗變而來。考鎖所从聲符貨，《說文》言其形構作「从小貝」，而俗字小的部件已訛變成巛，又將貝的形符遞換成聲符果聲，果字跟鎖字，在中古韻部相同，同屬上聲果韻，只是果的聲紐屬見紐，貨的聲紐屬心紐不同，二者爲韻同聲異的聲韻關係。俗字鏁，在魏的碑銘，有一類似的寫法，作璅魏汝陽王元晔墓誌，又在唐五代敦煌卷子中作鏁。㉚

25、准（準） 《說文》釋準字形構作「从水隼聲」，俗作准，是既省偏旁氵爲冫，又省聲符隼爲隹。俗字准的通行，見於漢代碑銘作准桐柏廟碑，㉛至唐五代敦煌卷子也通行作准。㉜

26、蠒（繭） 《說文》釋繭字形構作「从糸从虫从芇」，俗字作蠒，則是經省形、訛變的過程。其省从糸的形符，而从芇的形符，則訛變成爾，又原來密合於芇形中的虫字，重新組列於爾字之下。考

㉗ 同注❹，p.121。

㉘ 同注❶，p.801-802。

㉙ 同注⓯，p.122。

㉚ 同注❶，p.730；同注⓯，p.163。

㉛ 參見洪鈞陶編《隸字編》，p.231，文物出版社。

㉜ 同注⓯，p.61。

繭字的俗變，在魏以來的碑銘文字作蠒魏叔孫固墓誌、蠒隋孔河陽都尉墓誌，㉝由此可知蠒字形成的大致情形。

27、⿱神虫（蠶）　《說文》釋蠶字形構成「从䖵朁聲」，俗字作⿱神虫，是會意結構，取神蟲之意。其將蠶字的聲符朁換作神，偏旁䖵省作虫，而成俗字的。在魏時的碑銘文字已俗作⿱神虫魏三級浮圖頌。㉞

28、裮（冃）　《說文》釋冃爲「从冂二其飾」的象形，而俗字裮，則是以「小兒頭衣」的帽子，爲衣冠之類，從其性質而增繁衣的偏旁，冃則由象形遞換爲冒以作爲聲符。

㉝ 同注❶，p.724。

㉞ 同注❶，p.794。

第四章　玉篇與唐宋字書的俗字比較

《玉篇》全書的220個俗字，我們已經逐一地討論分析於前面二、三兩章之中。而這些俗字它們所代表的時代性如何呢？我們曾經在第二章裡論述俗字名義時，言及俗字的時代性爲其性質之一，即一時有一時之俗。要觀察其時代性，我們當透過比較的方法來了解。所以本章選擇三種唐宋重要字書中所載稱的俗字，來稍作比較。本文所稱「字書」係採廣義，包括字書與韻書，即唐顏元孫《干祿字書》、宋陳彭年等《廣韻》、宋司馬光等《類篇》。在唐宋字書之外，我們也把梁顧野王原本《玉篇殘卷》與宋重修《玉篇》作一比較，以觀察宋重修《玉篇》其承襲顧氏原本《玉篇》的真實面貌，由其損益情形，也可以窺知二者俗字觀念的異同。

第一節　重修玉篇與原本玉篇殘卷的俗字比較

一、原本玉篇殘卷所載列的俗字

顧野王《玉篇》，目前僅餘部分殘卷，本節俗字的比較，採北京中華書局於1985年出版之《原本玉篇殘卷》爲本，該本是目前收羅原本《玉篇》零卷最完整的，其中包括清末黎庶昌、羅振玉抄影的原本卷子及日本東方文化學院之卷八心部的殘留五字。從其中我們輯錄出《原本玉篇殘卷》所載明為俗字的，及重修《玉篇》為俗字，而見於《原本玉篇殘卷》的，列如下表：（詳表二）

表二：《原本玉篇殘卷》俗字表

1.A表黎本，B表羅本。

2.*表示重修《玉篇》俗字。

編號	卷	部	頁	正字	異體字	俗字
01	九		19、219	譀		誋（A、B）
02	九	九九	53、255	虧（A） 虧（B）	虧（A） *虧（B）	
03	九	一〇九	111	器（B）	*噐（B）	
04	九	一一二	115	*欵（B）	款（B）	
05	九	一一三	95、298	飯	*餅（A、B）	
06	一八	二八二	330	*軿（A）		
07	一八	二八四	350	萬（A）		*万（A）
08	一九		366	準（A）	*准（A）	
09	二七	四二五	160	*繩（B）		
10	二七	四二五	169	緆（B）	*緝（B）	
11	二七	四二五	175、384	繼（A、B）		*継（A、B）
12	二七	四二五	190	縶（B）		素（B）

二、重修玉篇與原本玉篇殘卷俗字的比較

從表中所載錄的12條字例裡，我們可以歸納出以下的四種情形：

1. 重修《玉篇》與原本《玉篇》均注明為俗字者。

此總計有2字，即：万、継。

2. 重修《玉篇》為俗字而原本《玉篇》為正字者。

此共計有3字，即：欵、軿、縄。

3. 重修《玉篇》為俗字而原本《玉篇》為異體字者。

此共計有5字，即：虧、噐、餅、准、緾。

4. 原本《玉篇》為俗字而重修《玉篇》為非俗字者。

此計有2字，即：諗、素。

經由上列的比較，我們可以看出原本《玉篇》的俗字範圍要比宋重修《玉篇》來得小，這大概是由於梁顧野王正是身處俗字遍滿經傳的時代，後人視之爲俗的，在當時並不以爲俗，所以重修《玉篇》有較多的俗字，屬於原本《玉篇》非俗字的範圍。另外，重修《玉篇》還是繼承了部分原本《玉篇》的所謂俗字，万、継二字便是。還有原本《玉篇》在當時視爲俗字，到了重修《玉篇》，如諗字則爲異體字，素字則爲正字了。

第二節　玉篇與干祿字書的俗字比較

一、干祿字書所載列的俗字

唐顏元孫《干祿字書》是中古時期一部極爲重要的字樣學典籍，爲唐代士子參加科舉考試以干祿的寫字範本。全書將文字分成俗、通、正三類，我們就其「例皆淺近，唯籍帳、文案、劵契、藥方，非涉雅言，用亦無爽，儻能改革，善不可加」的俗字，來跟《玉篇》作一比較。

首先我們根據曾榮汾《干祿字書研究》所斠證列舉的俗字，❶ 重新列製《干祿字書》俗字表，附載於下：（詳表三）

---

❶ 參見曾榮汾《干祿字書研究》中〈第二章　干祿字書「曰俗」之例研析〉所列舉的俗字，中國文化大學 1982 年博士論文。

表三：《干祿字書》俗字表

1. ＊　表示《玉篇》俗字。
2. □　表示《玉篇》正字。
3. △　表示《玉篇》異體字。
4. ○　表示《玉篇》無。

平　聲：

編　號	正　字	俗　字
001	功	○㓛
002	衷	○㐮
003	馮	□凴
004	雄	○䧺
005	蟲	□虫
006	逢	○逄
007	恭	○㳟
008	庸	○𢈈
009	邦	○邦
010	雙	○雙
011	支	○攴
012	巵	○卮
013	簁	△篩
014	虧	＊虧
015	規	○䂓
016	兒	○児
017	澌	○凘
018	差	○荖
019	窺	○窺
020	茲	○兹
021	耆	○耆
022	夔	＊夒
023	鴟	△鵄
024	醫	○毉
025	私	○私
026	蕤	○蕤
027	淄	○湽
028	尼	○尼
029	蚩	○蚩

030	鼇	○鼇
031	膚	○膚
032	俞	○俞
033	殳	○殳
034	扶	○扶
035	壺	○壷
036	鑪	○爐
037	蒲	○蒱
038	蘇	○蘓
039	圖	○啚
040	黎	○棃
041	泥	○埿
042	霓	○蜺
043	隄	△堤
044	稽	○䅲
045	犀	□犀
046	階	○堦
047	灰	○灰
048	臺	○臺
049	回	○囬
050	因	○囙

051	蝯	*猿
052	竈	○竃
053	原	○原
054	樊	○樊
055	冤	○惌
056	完	□皃
057	寬	○寛
058	冠	○冦
059	看	○看
060	單	○単
061	删	○刪
062	攀	○攀
063	關	○閞
064	乾	○乹
065	遷	○遷
066	牽	○牽
067	邊	○邉
068	憐	○怜
069	全	○仝
070	權	○権
071	愆	*僁

072	焉	○爲
073	飆	○飇
074	喬	○髙
075	堯	○尭
076	樵	○撨
077	料	○[米斤]
078	髫	○齠
079	霄	□宵
080	肴	□餚
081	臯	○睪
082	牢	△窂
083	[龍毛]	○[龍毛]
084	翺	○翶
085	鼉	○鼍
086	瓜	○苽
087	鵶	□[犭鳥]
088	覃	○覃
089	蠶	○蚕
090	牆	*墻
091	牀	*床
092	莊	○疰
093	商	○啇
094	觴	□[酉昜]
095	涼	○凉
096	臧	○戚
097	當	○當
098	囊	○囊
099	皇	○凰
100	邙	□芒
101	庭	○庭
102	坰	○垧
103	靈	○霝
104	耕	○[禾井]
105	劉	○劉
106	流	○流
107	簪	○簪
108	侵	○[彳侵]
109	潛	○潜
110	*稜	□楞
111	弘	○[弓口]
112	滕	□滕
113	凡	○凢

上聲：

編　號	正　字	俗　字
114	兕	○光
115	市	○市
116	裹	○褁
117	恥	○耻
118	齒	○莔
119	旨	○亩
120	豊	○豐
121	旅	○捬
122	黍	○黍
123	巨	○巨
124	舞	○儛
125	黼	○黼
126	鼓	○皷
127	體	*軆
128	蠡	○蠡
129	解	○觧
130	隱	○隱
131	斷	*断
132	款	*欵
133	亶	○亶
134	散	○散
135	滿	□濍
136	典	○典
137	丼	○丼
138	翦	*剪
139	嫇	△娙
140	燥	○燥
141	棗	*枣
142	蚤	○蚤
143	藻	○藻
144	擣	○搗
145	暤	○暤
146	老	○老
147	惱	○惚
148	坐	○坐
149	瑣	△璅
150	杲	○菓
151	寡	○寡
152	寫	○寫

153	假	○假
154	罼	○𥫗
155	瓦	○⺼
156	鮺	□鮓
157	養	○養
158	兩	○兩
159	枉	○抂
160	莽	○莾
161	駔	○驵
162	整	○整
163	囧	○囧
164	迥	○迥
165	友	○犮
166	丑	○丒
167	阜	○阜
168	缶	○缶
169	牖	○牖
170	受	○受
171	臼	○旧
172	后	○右
173	苟	○茍
174	狗	○猗
175	寢	○寑
176	忝	○忝
177	減	*减

去聲：

編　號	正　字	俗　字
178	涷	□涷
179	夢	○夣
180	義	○義
181	譬	○辟
182	戲	○戱
183	備	*俻
184	寐	○寐
185	類	○類
186	置	○置
187	轡	○轡
188	祕	○秘
189	嗣	○嗣
190	亟	○亟
191	毅	○毅

192	著	○着
193	御	○御
194	庡	○庡
195	句	○勾
196	數	○數
197	慕	○慕
198	度	○度
199	步	○岁
200	害	*害
201	帶	○帶
202	泰	○泰
203	壻	○聟
204	歲	○嵗
205	閉	*閇
206	荔	○荔
207	戾	○戾
208	隸	○隸
209	*弊	○獘
210	祭	○祭
211	藝	○藝
212	裔	○褱

213	勢	○勢
214	瘞	○瘞
215	第	○苐
216	派	○泒
217	挂	○掛
218	阸	△隘
219	怪	*恠
220	孛	学
221	對	○對
222	祓	○秡
223	訊	○訙
224	胤	○胤
225	晉	○晋
226	舋	○舋
227	奮	○奮
228	糞	○糞
229	憲	○憲
230	遁	○遁
231	粲	○粲
232	亂	△乱
233	侃	△偘

234	奐	○奂
235	歎	△嘆
236	館	○舘
237	蒜	＊菻
238	筭	△竿
239	宧	○宧
240	篡	○篹
241	麵	○麪
242	變	○變
243	羨	○羡
244	召	○㕣
245	糶	○粜
246	弔	○吊
247	貌	□皀
248	盜	○盗
249	操	○摻
250	暴	○暴
251	躁	○蹽
252	馱	○䭾
253	蚓	○䖼
254	夏	○夏
255	霸	＊覇
256	匠	○近
257	況	＊况
258	恙	○恙
259	競	○竟
260	叟	□叜
261	勁	○劲
262	清	□清
263	侫	○佞
264	臭	＊臰
265	廄	＊廐
266	舊	○旧
267	貿	○貿
268	富	○冨
269	售	○售
270	鬪	○鬭
271	寇	○寇
272	譖	○譛
273	稱	○秤

入　聲：

編　號	正　字	俗　字
274	穀	○槃
275	哭	○哭
276	僕	○僕
277	倏	△倏
278	沃	○泼
279	嚳	○嚳
280	局	○局
281	學	○學
282	推	○攉
283	悉	○悉
284	膝	○脒
285	匹	○远
286	率	○繂
287	漆	*柒
288	黼	○黻
289	欝	欝
290	蝨	○虱
291	乞	○乞
292	厥	○厥
293	闕	○闕
294	發	○莈
295	勃	○勃
296	奪	○奪
297	殺	○煞
298	拔	○拔
299	鐵	*鐵
300	節	○莭
301	泱	*决
302	蔑	○蔑
303	熱	○熱
304	滅	○滅
305	糴	○糴
306	敵	○敵
307	狄	○狄
308	嫡	○嫡
309	闃	○闃
310	析	*析
311	歷	○歷
312	覓	*覔

313	益	○益
314	席	○席
315	索	○索
316	柏	□栢
317	策	○筞
318	泴	*溢
319	緝	○緝
320	獵	○獦
321	鑿	○鑿
322	壑	○壑
323	惡	*悪
324	鶴	○鸖
325	飾	*餝
326	棘	○棘
327	稷	○稷
328	直	○直
329	色	○色
330	穡	○穑
331	貣	○貣
332	默	△嘿

我們統計其中俗字共有332字之多，但實際上的字數是超過此數，因爲當中有兩種情形沒有載列：

1.「偏旁同者，不復廣出」者。❷如：

「逄逢」下注：「上俗下正，諸同聲者並準此，唯降字等從夅。」

「俞俞殳殳」下注：「並上俗下正，諸從殳者並準此。」

「灰灰臺臺囬回」下注：「並上俗下正，諸字有從回者，並準此。」

「友友丑丑早阜缶缶牖牖受受旧臼」下注：「並上俗下正，諸字從臼者，並準此。」

「㕣召召」下注：「上俗，中下正，諸從召者準此。」

❷ 顏元孫《干祿字書·序》，藝文印書館百部叢書集成，夷門廣牘本，P.3。

「涗澀絹緝」下注：「並上俗下正，諸與緝同聲者，並準此。」

2.「字有相亂，因而附焉」者。❸ 如：

「辝辤辭」下注云：「上中並辝讓，下辭說，今作辝，俗作辝非也。」❹

「臘蠟」下注云：「上臘祭，下蜜，俗字從葛，非也。」

不過在比較時，此二類除了「臘蠟」一條跟《玉篇》俗字有些關聯外，其餘《玉篇》都不列俗，所以可以暫不討論，而以俗字表所列爲準。

二、玉篇與干祿字書俗字比較的分類

經我們的比較，可以分成以下幾種情形來說明：

（一）《玉篇》與《干祿字書》均注明為俗字而相同或極近似者。

此類計有 29 字，即：虧、聶、猿、僁、墻、床、軆、断、欸、剪、桒、减、傗、害、閇、恠、菻、㔛、况、皃、庛、柒、欝、鐵、决、覔、溢、悪、餝。這些字絕大多數是相同的，只有少數字只在點畫之間微異，如虧字《玉篇》作虧；聶字《玉篇》作聶；欸字《玉篇》作欸；害字《玉篇》作害；柒字《玉篇》作柒等。

（二）《玉篇》與《干祿字書》均注明為俗字而所俗不同者。

---

❸ 同注❷。

❹「俗作辝非也」之「辝」字，夷廣門牘本原作「辭」，曾榮汾以爲「辭」乃「辝」之訛，今據正。參見曾榮汾《干祿字書研究》P.456。

此類計有6字，即：攀，《玉篇》俗作㐲；螢，《玉篇》俗作蛍；鼓，《玉篇》俗作皷；娷，《玉篇》俗作嫂；鬪，《玉篇》俗作鬦；枬，《玉篇》俗作拼。

（三）《玉篇》為俗字而《干祿字書》為正字者。

此類有2字，即：稜、弊。

（四）《干祿字書》為俗字而《玉篇》為正字者。

這一類共計有18字，即：馮、虫、犀、皃、宵、餚、鵶、鷊、芒、楞、滕、瀗、鲊、涷、皀、夐、清、柏等。

（五）《干祿字書》為俗字而《玉篇》為異體字者。

這一類計有13字，如：篩、鵄、堤、窂、娷、璅、隘、乱、偘、嘆、簪、竿、倐、嘌。

（六）《干祿字書》為俗字而《玉篇》無者。

計凡277字，其數量極爲可觀，如：功、衷、雄、逄、恭、肅、邦、雙、支、厄……不一一列舉，參見《干祿字書》俗字表。

（七）《玉篇》為俗字而《干祿字書》為通字者。

此類字也是不少，至少有聪、禠、駈、賷、珎、�、郜、歽、竪、㸃、准、蝱、噐、頋、脆、继、畫、蒴、晝、亂、隽、艶、曝、𠦜、属、鱉等，另外，《干祿字書》於「聪聰聰」下注「上中通，下正，諸同悤者，並同。」於「互氐」下注：「上通下正，諸同氐者，並準此。」由此可知《玉篇》中俗字衼、坘、伭、捴、蔥、沍、怱等字，在《干祿字書》中也是通字。

三、玉篇與干祿字書俗字比較的討論

從上列所述，我們再進一步比較分析《干祿字書》與《玉篇》的俗字，有以下幾種現象：

（一）《干祿字書》的俗字較《玉篇》為多。

《干祿字書》的俗字，就字表所列凡 332 字，而《玉篇》爲 220 字，是《干祿字書》較《玉篇》多出二分之一以上。

（二）《干祿字書》的俗字較《玉篇》具全面性。

《干祿字書》是專門針對文字的俗字、通字、正字而整理的字書，在俗字的說明整理，較《玉篇》這一般性質的字書具全面性，所以《干祿字書》在說明之時，常採取「舉一隅以三隅反」的方式，希望讀者類推，即其所謂「偏旁同者，不復廣出」的辦法，像上述所舉凡从逢、从殳、从回、从臼、从召、从緝的偏旁或聲符，均俗作从逄、从殳、从囬、从旧、从㕣、从緝，所以其俗字的說明是就整個類型而言的，是全面性的，跟《玉篇》列一個說一個的單一情形不同。

（三）《干祿字書》較《玉篇》更重視文字細微點畫上的差異。

《干祿字書》大抵是爲干祿的緣故，強調標準字形，推行字樣，在這樣的概念下，只要點畫上有細微的差異，《干祿字書》則具體指出爲俗，我們在前面第 6 類所舉《玉篇》所無的凴、功、衷、雄、逄、恭、肩、邦、雙、支、厄等等 277 個字大多是屬於這種情形，《玉篇》的不收錄，也是一種否定的態度，而這也就是《干祿字書》俗字較《玉篇》爲多的原因。然而我們若要追究爲何《干祿字書》在俗字的細微筆畫上加以辨別，即顏元孫所謂「點畫小虧，亦無所隱」呢？干祿固然是一個重要現實關係，但主要恐怕還是在整個時代環境上的需求，因爲魏晉而下，俗字興盛，整個時代呈現「舛謬寔繁，積習生常，爲弊滋生」的現狀，❺ 當時雕版印刷猶未興起，文籍圖書全賴手抄，而形體點畫必然分歧混亂，若要規範文字，則不能不就其點畫細微處辨明。顏元孫在《干祿字書・序》裡稱其伯祖顏師古的《字樣》一出，則「懷鉛是賴，汗簡攸資」，就是指其形體點畫規範的價值。反觀《玉篇》所以沒有如此多細微點畫的俗字，則是因宋代雕版印刷已趨盛行，細微點畫較易受工整地雕版文字規範，因此不必再如《干祿字書》地錙銖計較，僅就部分流行的俗字辨明之。

（四）《干祿字書》的通俗字略近《玉篇》的俗字。

基本上《玉篇》的俗字，依前面所述，同於《干祿字書》最多的是通字，凡 32 字，其次是俗字，凡 29 字，就這兩類可推知《玉篇》的俗字觀念包括了《干祿字書》中的通俗兩類，這兩類爲《玉篇》的俗字，共 61 字，佔近《玉篇》俗字總數的三成。

（五）《干祿字書》為俗字而《玉篇》為正字者，實多非俗變正。

我們在前面第 4 類曾列舉《干祿字書》爲俗字，而在《玉篇》爲正字者，固然有少部分是俗字變正字的情形，如犀、皃、鴉、楞、鲊、𡕘、栢等 7 字，其餘只是俗字與正字形體相同而已，非俗變正。如凊－清、凍－涷，其實凊、清本爲二字，凍、涷亦本爲二字，唐人清俗作凊、凍俗作涷，至宋《玉篇》，不再以凊爲清俗字、以涷爲凍俗字，但別有凊、涷音義不同的正字。因此這類的 11 個《干祿字書》俗字，也可以認定是《玉篇》所無了。

---

❺ 同注❷，P.2。

（六）《干祿字書》與《玉篇》所俗不同的情形，也顯示俗字流行的時代性。

在前面第 2 類的比較情形裡，載列二書所俗不同者有 6 字，從這裡便可以看出唐宋兩代的攀、蠶、鼓、嫈、鬭、析六正字，各有其當時流行的俗字，也頗能顯示其俗字的時代性。

（七）《干祿字書》的「俗非」字為《玉篇》所無。

《干祿字書》在「臘蠟」下注：「上臘祭，下蜜，俗字從葛非。」也就是指在顏元孫的時代裡有一個臘俗字作臈，顏氏認爲這根本是個錯字，不算是俗字，所以不列入正文裡，這個觀念跟《玉篇》不同，《玉篇》書裡不僅沒有「俗非」的觀念，而臈字在《玉篇》中也是俗字。在此附帶一提，《干祿字書》在入聲有「協協獦獵」下注：「並上俗下正」❻，既然顏氏在「臘」下云作「臈」爲「俗非」不列於正文，而又何以列「獦」於正文並注爲「俗」？前後似有矛盾之處，蓋其疏也。

---

❻ 夷門廣牘本作「上通下正」，曾榮汾《干祿字書研究》斠證以爲應作「上俗下正」，今從之。

第三節　玉篇與廣韻的俗字比較

一、廣韻所載列的俗字

本文於第一章第三節論《玉篇》重修經過時，曾言《玉篇》是在大中祥符元年（1008），陳彭年、丘雍等在完成重修《廣韻》之後，爲使唐以來之《玉篇》收字與內容能與《廣韻》相副施行，而再重修《玉篇》。從重修《玉篇》卷首載真宗大中祥符六年（1013）九月廿八日的敕牒知，重修《玉篇》的修纂，大約是在這前後五年三個月的時間之內完成的。儘管二書的關係如此密切，主纂者相同，修纂時間前後銜接，不過幾年的光景，但在俗字的整理上其異同如何，頗值得比較。以下我們以清張士俊澤存堂《廣韻》爲本，並參酌周祖謨《廣韻校本》，列舉《廣韻》的俗字，編製《廣韻》俗字表於下：（詳表四）

表四：《廣韻》俗字表

1. ＊ 表示《玉篇》俗字。
2. □ 表示《玉篇》正字。
3. △ 表示《玉篇》異體字。
4. ○ 表示《玉篇》所無。
5. 本表所錄悉據澤存堂覆宋本《廣韻》。

上平聲：

編號	正字	俗字	韻部	頁	行	備註
01	東	□蕫	一東	22	10	註：以下所標頁碼乃據宗文堂本《玉篇》。
02	充	□珫	一東	27	3	
03	𪔵	○鼕	一東	27	4	
04	隆	○窿	一東	27	5	
05	功	○㓛	一東	29	4	
06	叢	＊藂	一東	31	1	
07		□[illegible]	一東	31	1	
08	怱	＊忩	一東	31	3	
09	窻	＊窓	四江	39	4	
10	隓	○隳	五支	42	8	

編　號	正　字	俗　字	韻　部	頁	行	備　註
11	虧	＊虧	五支	43	8	
12	纚	△縰	五支	47	7	
13	詑	○訑	五支	49	9	
14	祗	＊祬	六脂	51	1	
15	坻	＊坘	五支	53	10	
16	胝	○胵	六脂	58	4	
17	貍	□狸	七之	61	9	
18	嗤	○歖	七之	63	1	
19	胥	○胥	九魚	68	6	註：原作胥，周祖謨《廣韻校本》改作胥，茲據正。
20	蹠	□踈	九魚	69	3	
21	於	○扵	九魚	69	9	
22	豬	○猪	九魚	69	9	
23	虞	○驉	十虞	72	4	
24	芻	○蒭	十虞	72	9	
25	襦	＊𥜽	十虞	75	3	
26	須	□鬚	十虞	75	7	
27	貙	○貙	十虞	76	1	
28	廚	○厨	十虞	80	3	
29	粘	＊麵	十一模	81	8	
30	粘	＊糊	十一模	81	8	

編號	正字	俗字	韻部	頁	行	備註
31	圖	□啚	十一模	82	8	
32	㢉	○彍	十一模	84	8	
33	低	＊伍	十二齊	87	6	
34	醯	＊醓	十二齊	90	1	
35	整	○齎	十二齊	91	2	
36	齎	＊賫	十二齊	91	2	
37	泥	□埿	十二齊	91	6	
38	攜	○携	十二齊	92	4	
39	篚	□箷	十四皆	95	9	
40	杯	□盃	十五灰	98	5	
41	來	＊来	十六咍	99	10	
42	顋	○腮	十六咍	100	10	
43	真	○真	十七真	101	4	
44	因	○囙	十七真	101	4	
45	彪	○彪	十七真	106	5	
46	彪	○彪	十八諄	108	9	
47	閿	＊閿	二十文	109	9	
48	氛	＊氲	二十文	110	7	
49	筋	＊筯	廿一欣	112	9	
50	蚖	□蠠	廿二元	113	6	

編號	正字	俗字	韻部	頁	行	備註
51	猨	*猿	廿二元	114	2	
52	虋	*虋	廿三魂	117	9	
53	瀊	○湌	廿五寒	121	10	
54	但	○胆	廿五寒	122	7	
55	盤	△柈	廿六桓	126	5	
56	糫	○饅	廿六桓	126	9	
57	拌	○拵	廿六桓	127	3	
58	關	△関	廿六桓	127	6	
59	班	○珽	廿七刪	128	3	
60	姦	*姧	廿七刪	128	8	

下平聲：

編號	正字	俗字	韻部	頁	行	備註
61	豣	○狷	一先	133	7	
62	弦	○絃	一先	133	9	
63	憐	□怜	一先	134	4	
64	縣	*懸	一先	136	6	
65	然	*燃	二仙	137	6	

編號	正字	俗字	韻部	頁	行	備註
67	鐉	○拴	二仙	141	9	
68	愆	*僁	二仙	142	7	
69	*刁	□刀	三蕭	144	6	
70	髫	*齠	三蕭	144	10	
71	飆	○飈	四宵	149	6	
72	貓	*猫	四宵	150	4	
73	繅	□縿	六豪	157	1	
74	褒	○褎	六豪	157	3	
75	糟	△醩	六豪	157	10	
76	駝	*駞	七歌	159	8	
77	佗	□他	七歌	160	8	
78	拕	*拖	七歌	160	8	
79	岢	□抲	七歌	161	7	
80	詑	*訑	八戈	163	2	
81	捼	□挼	八戈	163	5	
82	邪	*耶	九麻	165	3	
83	邪	*琊	九麻	165	3	
84	蛇	*虵	九麻	165	3	
85	華	□花	九麻	166	4	
86	豭	○猳	九麻	166	8	

編號	正字	俗字	韻部	頁	行	備註
87	沙	＊砂	九麻	168	2	
88	檫	△茶	九麻	168	8	
89	粱	□梁	十陽	172	3	
90	涼	＊凉	十陽	172	5	
91	賨	□賨	十陽	172	8	
92	觴	□醻	十陽	172	9	
93	疆	△壃	十陽	174	1	
94	創	□刅	十陽	175	9	
95	牀	＊床	十陽	176	2	
96	莊	○疰	十陽	176	3	
97	牆	＊墻	十陽	176	8	
98	琅	＊瑯	十一唐	179	6	
99	岡	＊崗	十一唐	180	4	
100	岡	○堽	十一唐	180	4	
101	桑	＊桒	十一唐	180	7	
102	穅	＊糠	十一唐	180	8	
103	＊尣	□尢	十一唐	182	4	
104	稉	□粳	十二庚	184	1	
105	鎗	□鐺	十二庚	185	5	

編　號	正　字	俗　字	韻　部	頁	行	備　　註
106	亨	○亯	十二庚	185	8	
107	頳	□頩	十四清	191	5	
108	歁	□欺	十六蒸	199	2	
109	繩	○縄	十六蒸	199	7	
110	升	□昇	十六蒸	199	9	
111	棱	＊稜	十七登	201	2	
112	雔	○讎	十八尤	206	9	
113	收	○収	十八尤	207	3	
114	搊	＊掻	十八尤	208	10	
115	脙	○脉	十八尤	209	5	
116	矦	○帿	十九侯	212	7	
117	沈	＊沉	廿一侵	217	10	
118	枏	＊楠	廿二覃	221	9	
119	參	○叅	廿三談	224	5	
120	聃	＊耼	廿三談	224	8	
121	鹽	＊塩	廿四鹽	225	3	
122	奩	□奩	廿四鹽	225	8	
123	詹	○詹	廿四鹽	226	5	
124	黏	△粘	廿四鹽	227	3	
125	鹹	＊醎	廿六咸	229	6	

上聲：

編號	正字	俗字	韻部	頁	行	備註
126	緫	○憁	一董	236	7	
127	宂	○冗	二腫	238	2	
128	冢	＊塚	二腫	238	6	
129	碭	△舐	三講	246	4	
130	眔	○光	五旨	247	7	
131	矢	＊矢	五旨	248	10	
132	矢	○笑	五旨	248	10	
133	菌	＊屎	五旨	248	10	
134	亹	○亹	七尾	254	8	
135	旅	○捩	八語	256	6	
136	虡	○簴	八語	258	4	
137	所	＊厉	八語	258	7	
138	抒	○汿	八語	259	6	
139	府	△腑	九麌	260	10	
140	柱	□柱	九麌	262	8	
141	豎	＊竪	九麌	263	1	
142	姥	○峔	十姥	264	7	
143	杜	○荰	十姥	265	1	

編號	正字	俗字	韻部	頁	行	備註
144	羖	＊羖	十姥	266	2	
145	虎	□萀	十姥	266	10	
146	虎	□蜫	十姥	266	10	
147	弩	□蝅	十姥	267	3	
148	體	＊軆	十一薺	268	8	
149	啓	○启	十一薺	269	8	
150	邸	○邳	十一薺	269	1	
151	骸	□腿	十四賄	272	7	
152	磈	□傀	十四賄	272	10	
153	采	□採	十五海	274	6	
154	軫	＊軫	十六軫	275	2	
155	胗	○脈	十六軫	276	2	
156	胗	○瘯	十六軫	276	2	
157	黽	○黽	十六軫	277	2	
158	準	＊准	十七準	277	6	
159	筍	○笋	十七準	277	10	
160	薀	□蘊	十八吻	279	3	
161	齔	＊齓	十九隱	280	2	
162	本	□本	廿一混	282	4	
163	很	□狠	廿二很	283	7	

編　號	正　字	俗　　字	韻　部	頁	行	備　　註
164	亶	○亶	廿三旱	283	9	
165	嬾	＊懶	廿三旱	284	8	
166	斷	○斷	廿四緩	285	4	
167	斷	＊断	廿四緩	285	4	
168	款	＊欵	廿四緩	285	10	
169	赧	＊赦	廿五潸	286	8	註：赦原作赧，茲據周祖謨《廣韻校本》補正。
170	限	＊閬	廿六產	286	8	
171	限	○扆	廿六產	287	6	註：痕原作扆，茲據周祖謨《廣韻校本》補正。
172	限	○臬	廿六產	287	6	
173	殄	○殄	廿七銑	288	9	
174	繭	＊璽	廿七銑	288	10	
175	𣏌	○𣏌	廿七銑	289	1	
176	鮮	○尠	廿八獮	290	5	
177	翦	＊剪	廿八獮	292	2	
178	翦	○揃	廿八獮	292	4	
179	辯	＊訾	廿八獮	292	9	
180	沔	○汅	廿八獮	292	10	
181	黽	□澠	廿八獮	293	1	

編號	正字	俗字	韻部	頁	行	備註
182	雋	○隽	廿八獮	293	2	
183	輭	＊軟	廿八獮	293	10	
184	誂	□挑	廿九篠	296	9	
185	巧	△巧	卅一巧	299	7	
186	疕	○疞	卅一巧	300	7	
187	嫂	△婹	卅二晧	302	3	
188	擣	○搗	卅二晧	302	4	
189	皁	△皀	卅二晧	302	9	
190	槀	○藁	卅二晧	303	1	
191	柁	○柂	卅三哿	304	5	
192	果	○菓	卅四果	305	6	
193	鎖	＊鏁	卅四果	305	10	
194	冎	□剐	卅五馬	309	5	
195	繈	○鏹	卅六養	311	10	
196	髣	□彷	卅六養	312	8	
197	网	○罓	卅六養	312	9	
198	整	○el	四十靜	318	2	
199	省	○惺	四十靜	319	3	
200	韭	○韮	四十四有	322	5	
201	齨	○鴭	四十四有	323	7	

編　號	正　字	俗　字	韻　部	頁	行	備　　註
202	紂	○靿	四十四有	323	8	
203	帚	＊箒	四十四有	324	10	
204	斗	＊戽	四十五厚	325	10	
205	毆	□敺	四十五厚	327	3	
206	糾	○糺	四十六黝	328	1	
207	葚	○黮	四十七寑	329	5	
208	緂	△裧	四十九敢	332	8	
209	忝	○忝	五十一忝	336	3	
210	忝	○忝	五十五范	337	10	

去聲：

編　號	正　字	俗　字	韻　部	頁	行	備　　註
211	糉	＊粽	一送	342	10	
212	謥	○諗	一送	343	2	
213	閧	○鬨	一送	344	2	
214	閧	○鬨	四絳	345	9	
215	刺	○刾	五寘	347	7	
216	縊	□蠲	五寘	348	9	
217	隧	＊墜	六至	350	6	

編號	正字	俗字	韻部	頁	行	備註
218	淚	*淚	六至	351	3	
219	祕	○秘	六至	351	4	
220	備	*偹	六至	351	10	
221	襀	○褩	六至	352	4	
222	疐	○擿	六至	353	1	
223	疐	○蹥	六至	353	1	
224	隸	*隸	六至	354	8	
225	襀	○褩	七志	359	10	
226	尉	△熨	七志	360	1	
227	藷	□薯	九御	362	4	
228	藇	□蕷	九御	363	7	
229	處	○處	九御	363	10	
230	孺	*孺	十遇	365	5	
231	顧	頋	十一暮	368	5	
232	互	*互	十一暮	368	10	
233	嚏	□嚔	十二霽	370	10	
234	薊	*薊	十二霽	372	9	
235	戾	□倶	十二霽	374	5	
236	隸	○隸	十二霽	374	5	
237	泥	□埿	十二霽	374	10	

編號	正字	俗字	韻部	頁	行	備註
238	肥	＊脆	十三祭	375	10	
239	獘	＊弊	十三祭	376	7	
240	裔	○㝑	十三祭	377	10	
241	蓋	○盖	十四泰	380	2	
242	柰	△榇	十四泰	380	5	
243	最	○㝡	十四泰	382	2	
244	挂	○掛	十五卦	383	6	
245	畫	＊畵	十五卦	383	9	註：畵原作畫，茲據周祖謨《廣韻校本》校正。
246	怪	＊恠	十六怪	384	8	
247	介	○�	十六怪	384	10	
248	韰	＊薤	十六怪	385	6	
249	佩	△珮	十七夬	387	7	
250	輩	○軰	十八隊	389	6	
251	瑇	□玳	十九代	389	10	
252	吝	＊恡	廿一震	392	7	
253	陣	△陣	廿一震	393	2	
254	釁	○舋	廿一震	393	9	
255	齔	＊齓	廿一震	394	3	
256	疢	＊疹	廿一震	394	5	
257	趁	＊趂	廿一震	394	6	

編號	正字	俗字	韻部	頁	行	備註
258	薀	□蘊	廿三問	396	8	
259	飯	*飰	廿五願	398	4	
260	楥	*楦	廿五願	398	9	
261	韗	○韗	廿五願	398	9	
262	琯	○璭	廿六慁	399	8	
263	斡	○斡	廿八翰	401	5	
264	館	○舘	廿九換	403	1	
265	亂	△乱	廿九換	403	9	
266	斷	○斷	廿九換	403	10	
267	斷	*断	廿九換	403	10	
268	慢	○慯	卅諫	405	4	
269	辨	○辧	卅一襉	406	2	
270	見	□現	卅二霰	408	2	
271	燕	*鷰	卅二霰	408	4	
272	面	○靣	卅三線	409	10	
273	弆	○弮	卅三線	410	8	
274	徧	○遍	卅三線	412	4	
275	糶	○粜	卅四嘯	412	5	
276	窔	*突	卅四嘯	413	4	
277	笑	*咲	卅五笑	413	6	

編號	正字	俗字	韻部	頁	行	備註
278	效	＊効	卅六效	415	4	
279	勞	○僗	卅七号	418	1	
280	暴	＊曝	卅七号	418	4	
281	秏	△耗	卅七号	418	10	
282	暇	○暇	四十禡	422	8	
283	霸	＊覇	四十禡	423	7	
284	況	＊况	四十一漾	426	8	
285	競	○竟	四十三映	429	3	
286	侫	○佞	四十六徑	431	10	
287	稱	○秤	四十七證	433	6	
288	廄	＊廐	四十九宥	434	9	
289	臭	＊臰	四十九宥	435	4	
290	皺	＊皱	四十九宥	435	8	
291	鬭	＊鬪	五十候	437	8	
292	豉	○哣	五十候	439	3	
293	句	○勾	五十候	439	6	
294	嚂	○濫	五十四闞	442	10	
295	豔	＊艷	五十五豔	443	6	
296	餡	○錎	五十八陷	445	4	
297	詀	○譧	五十八陷	445	5	

編號	正字	俗字	韻部	頁	行	備註
298	欠	○佽	六十梵	446	7	

入聲：

編號	正字	俗字	韻部	頁	行	備註
299	縠	○縠	一屋	449	6	
300	豚	＊启	一屋	450	5	
301	暴	＊曝	一屋	452	1	
302	柷	○抭	一屋	455	7	
303	肉	○宍	一屋	456	4	
304	衄	○衂	一屋	456	4	
305	竺	○笁	一屋	457	4	
306	梢	○槨	一屋	458	3	
307	督	○督	二沃	460	1	
308	启	△尻	二沃	460	2	
309	屬	＊属	三燭	461	2	
310	屬	＊属	三燭	462	2	
311	鸑	○鸄	四覺	464	6	
312	朔	○朔	四覺	464	10	
313	漆	＊柒	四覺	468	10	

編　號	正　字	俗　字	韻　部	頁	行	備　註
314	桼	○蓁	五質	469	1	
315	匹	□疋	五質	469	2	
316	韠	○韡	五質	471	1	
317	滭	○戚	五質	471	2	
318	率	○繂	五質	471	10	
319	密	○峉	五質	472	4	
320	肸	□肹	五質	473	2	
321	卹	○蚃	七櫛	474	10	
322	鬱	*欝	八物	475	8	
323	颸	○颼	八物	476	7	
324	髴	□彿	八物	476	10	
325	揭	○撳	十月	479	7	
326	舭	□舤	十一沒	481	8	
327	痆	○疕	十一沒	481	8	
328	劀	*劀	十四黠	489	2	
329	殺	○煞	十四黠	489	6	
330	泱	*决	十六屑	492	9	
331	蔑	*瞒	十六屑	495	1	
332	閉	*閇	十六屑	495	4	
333	紲	○靾	十七薛	496	6	

編號	正字	俗字	韻部	頁	行	備註
334	韂	□鞒	十七薛	497	8	
335	蠥	○蠥	十七薛	498	2	
336	鼈	*鱉	十七薛	498	5	
337	鼈	□鼈	十七薛	498	5	
338	卻	*却	十八藥	502	6	
339	腳	○脚	十八藥	502	8	
340	顐	○奮	十九鐸	507	2	
341	惡	*悪	十九鐸	507	5	
342	帛	○幕	二十陌	510	5	
343	郤	○郄	二十陌	511	4	
344	麥	*麦	廿一麥	513	4	
345	檗	○蘗	廿一麥	513	10	
346	亦	○亽	廿二昔	517	2	
347	析	○�	廿三錫	520	5	
348	糴	○籴	廿三錫	522	4	
349	職	*軄	廿四職	524	7	
350		△稷	廿四職	527	8	
351	劾	○刻	廿五德	530	10	
352	級	○阪	廿六緝	533	1	
353	澀	*澁	廿六緝	533	3	

編　號	正 字	俗　字	韻　部	頁	行	備　　註
354	闔	○闔	廿八盍	536	9	
355	臘	＊臈	廿八盍	536	10	
356	蠟	○蝋	廿八盍	537	1	
357	獵	□獦	廿九葉	539	3	
358	臿	○臿	卅一洽	543	8	
359	囟	○囟	卅一洽	543	10	
360	業	□檏	卅三業	545	4	
361	劫	○刧	卅三業	545	9	

從俗字表中我們總共可見俗字凡 361 字，其中有少數是一字二俗的情形，如粘俗作麴、又俗作糊；詑俗作訑、又俗作訑；邪俗作耶、又俗作琊；岡俗作崗、又俗作堽；矢俗作矢、又俗作笑；虎俗作虎、又俗作虓；胗俗作脈、又俗作疢；黽俗作黽、又俗作澠；翦俗作剪、又俗作擶；蹇俗作搴、又俗作蹇；斷俗作斷、又俗作断；鼈俗作鱉、又俗作鼈，甚至還有一字三俗的情形，如限俗作閬、又俗作扆、又俗作臬。另外有重覆出現的情形，如彪俗作彪，兩見於真韻與諄韻；忝俗作忝，兩見於忝韻與范韻；薀俗作蘊，兩見於吻韻與問韻；泥俗作埿，兩見於齊韻與霽韻；閧俗作閧，兩見於送韻與絳韻；暴俗作曝，兩見於號韻與屋韻；屬俗作属，兩見於燭韻。

二、玉篇與廣韻俗字比較的分類

我們把《玉篇》俗字跟《廣韻》俗字比較，則可以歸納成以下幾種情形：

（一）《玉篇》與《廣韻》俗字相同或極近似者。

此類共計有 114 字：例如

平聲有：蔜、㕝、窓、齣、袥、坧、禡、麴、佦、醓、賫、来、閿、瓮、篛、猿、蘴、姸、懸、燃、偲、猫、駞、拖、訑、耶、琊、虵、砂、凉、床、墻、瑯、崗、桒、糠、稜、揺、沉、楠、躭、塩、醎。

上聲有：塚、叐、屎、所、竪、羖、軆、軨、准、懶、断、欵、赦、閬、璽、剪、訾、軟、鏁、箒、㪷。

去聲有：粽、墜、㴱、傗、隷、㹊、顧、㐁、葥、脆、弊、晝、恠、薙、叒、齓、㾦、趂、飰、楦、断、鸗、突、咲、効、曝、况、廄、晃、皷、鬪、艷。

入聲有：启、曝、属、欝、劄、决、矆、閄、鷩、却、恶、麦、職、溓、膓。

（二）《玉篇》與《廣韻》均注明為俗字，而所俗不同者。

此類計有 9 字，如疆字，《廣韻》俗作壃、《玉篇》俗作疅；如亨字，《廣韻》俗作亰、《玉篇》俗作享；如繩字，《廣韻》俗作縄，《玉篇》俗作繩；如矢字，《廣韻》俗作笶，《玉篇》俗作笶；如黽字，《廣韻》俗作黾，又俗作澠，《玉篇》俗作黽；如柰字，《廣韻》俗作㮏、《玉篇》俗作奈；如桼字，《廣韻》俗作𣗋、《玉篇》俗作桼。如析字，《廣韻》俗作枏、《玉篇》俗作扸。而《廣韻》這些與《玉篇》所俗不同者，在《玉篇》中或變爲正字，如澠，或變爲異體字，如壃、㮏，多數是《玉篇》所未收錄，如烹、繩、笑、黽、𣗋、枏。

（三）《廣韻》為俗字而《玉篇》為正字者。

這一類共計有61字，即：萰、琉、簶、狸、踈、鬚、啚、埿、蓰、盃、蠠、怜、刀、縿、他、抲、挍、花、粱、賨、鷀、刅、尢、粳、鐺、頳、欺、昇、奞、莵、虤、蛩、腿、傀、採、蘊、本、狠、澠、挑、剮、彷、毆、𣏌、蝅、薯、蘋、嗹、㑗、埿、玳、蘊、現、疋、肦、彿、舤、靳、鼈、獦、牒。

（四）《玉篇》為俗字而《廣韻》為正字者。

僅有3字，如：刁、亢、璹。

（五）《廣韻》為俗字而《玉篇》為異體字者。

計有22字，即：絁、糊、柈、関、醩、茶、壃、粘、舐、鴐、娅、皀、裧、腑、熨、㮏、珮、陣、乱、耗、尻、稷。

（六）《廣韻》為俗字而《玉篇》無者。

此一類則有163字，約佔《廣韻》的45% ，在諸類中是最多的，如饕、㢘、功、隟、訑、肞、歎、肙、扵、猪、驢、蒳、獵、廚、氌、虀、摥、腮、真、曰、齜、飡、胆、饅、捹、班……不一一列舉，請參閱〈《廣韻》俗字表〉。

三、玉篇與廣韻俗字比較的討論

就上列所述，我們再進一步比較分析這相副施行，而同樣的編纂者，時代前後不過相距五年三月的《廣韻》與《玉篇》的俗字，它們大致呈現了以下幾個現象：

（一）《玉篇》的俗字觀念已經略有改變。

《廣韻》的俗字共計有361字，而《玉篇》稍晚則減爲220字，《玉篇》少掉了《廣韻》的三分之一以上，這顯示《玉篇》在俗字的載列上，觀念上已略有改變。也就是說在《玉篇》編纂時，已經認爲不再需要列舉像《廣韻》那麼多的俗字。所以《廣韻》有163個俗字，《玉篇》不再載列；《廣韻》有61個俗字，《玉篇》列爲正字；❶《廣韻》有22個俗字，《玉篇》列爲異體字。這些現象都顯示《玉篇》有意降低俗字的數量，換句話說，有不少俗字已取得了正字或異體字的地位，有的俗字，《玉篇》就刪略了，《玉篇》把字書辨俗的功能逐漸降低了，這是否也意味著宋代文字已逐漸趨於隱定呢？頗值得吾人深究。

（二）《廣韻》與《玉篇》的俗字，仍受其所承襲的韻書、字書系統影響。

---

❶ 有部分俗字是形近相涉或原爲假借，並非俗字獨立爲正字的，例如東－菄、疏－踈、圖－啚、觴－觴、本－夲、很－狠、辨－辧等。

就《玉篇》而言，在《玉篇》的220個俗字裡，與《廣韻》相同的有115個字，超過半數，這顯示《玉篇》仍然是以《廣韻》爲根本，受《廣韻》的影響，另一方面，它沒有跟《廣韻》完全相同，我們以爲這也顯示字書系統與韻書系統，原本就是各有所承，重修《玉篇》大抵還是以孫強增字本《玉篇》爲基礎，《廣韻》則是從李舟《切韻》的基礎上增刪補闕，所以儘管二書在當時相副施行，編纂者相同，時代相同，而有如此的差異，應該也是可以理解的。

（三）《廣韻》與《玉篇》的俗字，不再特別重視細微點畫上的差異。

在前面一節裡，我們指出《干祿字書》列舉俗字的特色，就是重視文字細微點畫上的差異，這是緣自它的時代背景上的需要。而《廣韻》雖然比起《玉篇》有較多相同於《干祿字書》裡的俗通字，但是跟《玉篇》一樣，都比較不顯見有特別重視細微點畫差異之處，這應該是《廣韻》、《玉篇》二者在俗字觀念上所顯示出的一致性。

第四節　玉篇與類篇的俗字比較

一、類篇所載列的俗字

《類篇》爲宋英宗治平四年（1067），由司馬光領銜總成上書的官修字書，也是宋代最後一部官修字書。它的修纂從仁宗寶元二年（1039）丁度倡議，至司馬光完成上書，前後經歷了廿八年，四位領纂學士。全書內容主要與《集韻》相副，是一部以《說文》爲本，以聲爲經，以韻爲緯的字書。❶ 在該書的31,319字中，總計收錄了51個俗字，茲將其編製成《類篇》俗字表，列之於下：（詳表五）

❶ 詳孔仲溫《類篇研究》，學生書局。

表五：《類篇》俗字表

1. ＊ 表示《玉篇》俗字。
2. □ 表示《玉篇》正字。
3. △ 表示《玉篇》異體字。
4. ○ 表示《玉篇》所無。
5.本表所錄悉據上海古籍出版社印汲古閣宋鈔本《類篇》。

編號	正字	俗字	《類篇》部首	卷	頁	行
01	珍	＊珎	玉	一上	14	2
02	琅	＊瑯	玉	一上	16	1
03	艽	△芁	艸	一中	19	9
04	吅	□喧	吅	二上	34	9
05	回	□迴	辵	二中	11	3
06	叢	＊菆	丵	三中	13	3
07	鬬	○鬪	鬥	三中	18	13
08	畫	＊畵	畫	三下	5	1
09	皺	＊皱	皮	三下	10	9
10	殑	○殑	歺	四中	30	14
11	肩	□肩	肉	四下	6	9
12	刀	＊刁	刀	四下	19	7

編 號	正 字	俗 字	《類篇》部首	卷	頁	行
13	剌	○刾	刀	四下	23	14
14	觺	△觺	角	四下	33	13
15	靈	○霊	巫	五中	2	6
16	甹	○甹	丂	五中	4	8
17	鼛	*鼕	鼓	五中	8	2
18	主	□炷	丶	五中	17	6
19	館	○舘	食	五下	1	9
20	榼	*榏	木	六上	9	2
21	柹	○柿	木	六中	1	13
22	糶	○粜	出	六下	2	7
23	㬥	*曝	日	七上	7	14
24	穌	○甦	禾	七中	3	6
25	稱	○秤	禾	七中	5	11
26	宂	○宍	宀	七中	27	4
27	軆	*躰	身	八中	5	14
28	居	○屋	尸	八下	1	8
29	屬	*属	尾	八下	3	10
30	覶	○覼	見	八下	12	10
31	須	○頋	須	九上	13	3
32	鬛	△髭	須	九上	13	6

編　號	正　字	俗　字	《類篇》部首	卷	頁	行
33	顊	□髯	須	九上	13	8
34	匊	△掬	勹	九上	24	15
35	厀	□膝	卩	九上	22	16
36	廏	*廐	广	九中	19	9
37	驅	*駈	馬	十上	3	4
38	騰	○驣	馬	十上	7	2
39	⿱麤土	○尘	⿱麤土	十上	14	15
40	燥	○㷮	火	十中	11	5
41	悤	□[illegible]	心	十下	10	15
42	怪	*恠	心	十下	20	16
43	臺	○𡐓	至	十二上	2	7
44	閉	*閇	門	十五上	8	7
45	關	△関	門	十二上	16	5
46	搊	*扭	手	十二上	25	1
47	戉	△鉞	戉	十二下	5	9
48	繇	△䌛	系	十二下	5	9
49	繭	*蠒	糸	十三上	13	4
50	軫	*𨊻	車	十四中	11	6
51	醯	*𨣬	酉	十四下	24	9

二、玉篇與類篇俗字比較的分類

我們把《類篇》跟《玉篇》俗字比較，可以歸納出以下幾種情形：

（一）《玉篇》與《類篇》俗字相同或極相似者。

此類計有 19 字，即：珎、瑘、刁、鼜、榏、曝、屬、廄、駈、恠、抭、璽、軿、醓、蔂、晝、閅、皶、躰。

（二）《玉篇》與《類篇》均注明為俗字，而所俗字不同者。

此類僅有 1 字，即鬬字，《類篇》俗作鬦、而《玉篇》作鬪。

（三）《類篇》為俗字而《玉篇》為正字者。

此類計有 7 字。即：萠、膝、喧、炷、髯、迴、肩。

（四）《類篇》為俗字而《玉篇》為異體字者。

此類計有 7 字。即：艽、鬻、関、掬、髭、鉞、繇。

（五）《類篇》為俗字而《玉篇》無者。

此類計有 18 字，即觕、剌、霊、粤、館、柹、粜、甦、秤、冂、驣、尘、熔、鬪、堇、覼、槙、屃。

三、玉篇與類篇俗字比較的討論

就上列的字例，我們當可再進一步觀察其所呈現的現象，大致可以分成以下幾點：

（一）《類篇》大幅減少俗字的數量。

就二書編纂完成的時間來看，《玉篇》早於《類篇》54 年，就全書所收的字數來看，《玉篇》收字爲 22,520 字，《類篇》收字則爲 31,319 字，《類篇》的字數較《玉篇》多出 8,799 字，但是在俗字的數量上卻大幅減少，《玉篇》俗字爲 220 字，而《類篇》俗字則爲 51 字，大約只是《玉篇》的四分之一，可見得從《廣韻》到《玉篇》，再到《類篇》，似乎逐漸地將俗字排除在字書之外。

（二）《類篇》繼承《玉篇》部分俗字，但亦重新審定《玉篇》正字、異體字為俗字。

《類篇》俗字其與《玉篇》相同的計有 19 字，佔《類篇》俗字近四成，但是原來在《玉篇》中爲正字、爲異體字，總計有 14 字，其實數量也不少，由此可見《類篇》的俗字是重新再審定過的。另外還有 19 個俗字不見於《玉篇》，則應是別有所承。

（三）《類篇》視俗字為訛字。

《類篇》載列 51 個俗字，在其書例中，絕大多數均明指其非是。個人撰《類篇研究》論《類篇》俗字，歸納其書例有九：

1、俗作某非是。2、俗作某非。3、俗从某非是。4、今俗作某非是。5、今俗別作某非是。6、今俗从某。7、俗書从某非是。8、俗作某。9、俗从某。其僅第 1 項，「俗作某非是」就有 32 個字例，居全數的 63% ，如「珍，俗作珎非是」、「琅，俗作瑯非是」、「芁，俗作芃非是」等等，個人對於所列稱非者有以下的說明：

上列之 1、2、3、4、5、7 六例，稱「非」或「非是」者，乃特明此類爲形訛之俗體，而此中 1、2、4、5 項之書例，旨在泛言其字，不詳辨其形，3、7 兩例則就其與正字形體之差異而說明之也。❷

從這個「非是」的觀點來看，《類篇》似乎有意去規範官方的正字，並使之具權威性，而對俗字則傾向於否定的地位，這跟唐代《干祿字書》對俗字是「用亦無爽，儻能改革，善不可知」的消極態度，迥不相同。由此我們也可以看出由唐至宋俗字觀念的變化。

---

❷ 同注❶，P.198。

第五章　結論

第一節　玉篇俗字的一些現象綜論

從前面有關《玉篇》俗字的析論之中，我們發現俗字的發展有一些重要的現象，可作爲字形發展研究上的參考。

一、趨簡是俗字衍化的主流

在我們所討論的五種俗字衍變方式裡，表面上俗字的趨簡，只有簡省一種方式，但事實上以遞換，訛變、複生等方式生成俗字，往往也使文字趨簡，例如我們在訛變方式中就有「形符偏旁簡省筆畫的訛變」、「聲符或聲符部件簡省筆畫的訛變」，總的說來，俗字的大潮流是趨簡的，在我們所整理的 220 個俗字當中，筆畫較正字減少的俗字，有 122 字，大約佔 55%，其餘的 45%，則是筆畫增繁與不增簡的部分，所以從這裡我們可以很清楚地了解趨簡是俗字衍化的主流。

二、增遞是俗字音義的強化

增繁與遞換這兩種孳乳方式中，遞換之後的俗字偏旁、聲符筆畫，仍不免有繁化、簡省並存現象，但增繁則純粹是筆畫變多的演變，似乎與俗字趨簡的整個主流的發展反向，此何以故呢？其實人們使用筆畫比較複雜或改變正字原有的形符、聲符，是爲強化文字形體所表現的音義功能。例如：琅邪、鉅鹿、嚴凝、豐隆等詞彙，其文字所以增繁成瑯琊、鉅鏕、巖凝、豐霳等，就是受詞彙意義的上下相互影響；又如臭字已從原有聞嗅義引申轉變爲惡氣息，則俗字就受此詞義的轉化，變成臰字以顯示鄙棄之義；又如閬字則受門限詞彙的影響，將限俗作閬；淚字則爲強化淚水的概念，將聲符部件遞換而成淚字；芻爲強化其與艸有關而俗作蒭，冢爲表示覆於土下而俗作塚，岡爲強化其與土山有關而俗作崗，燕爲強化其爲鳥類則俗作鷰，㬥爲強化其爲日所曝曬而俗作曝，然爲強化以火燒燃而俗作燃。凡此種種，都是以增繁遞換的方式加強文字表意的功能。又如官字「从宀㠯聲」，讀作「於鳥切」，可是聲符㠯在當時應該不是一個常用字，從㠯字無法馬上判讀「於鳥切」或其相近的讀音，於是俗从交聲作窔，可強化形聲字聲符表音的功能。又如糉字俗作粽，糉从㚇得聲，而㚇也非常用字，常人從㚇也不容易直接判讀出「子貢切」或其相近的讀音，於是俗从宗聲。像這些爲強化表音表意的功能而增遞的情形，表面上似乎文字筆畫不一定簡省，不完全順著趨簡的大潮流，但從易於辨義辨音的角度上看，未嘗不是一種簡化。

三、形音義近似是俗字變易的憑藉

文字的演變也如同語言的演變一樣，它是不會突變的，它也是必須依循著一些規律逐步地順變，而俗字的產生，也是在這個順變的範圍。讓俗字順變的憑藉，則在與正字形、音、義的近似。例如冫－氵、乚－匕、丂－丙、害－害、身－耳、禾－木、米－禾、豸－犭、月(肉)－角、刀－羽、攴－戈、既－旣、覔－覓、弊－獘、才－木、刁－刀、截－㦸、冗－宂、㐌－它、也－它、秝－秝、需－耎等等，形體均十分相近似，而以簡省、遞換、訛變等方式以使正字演變成俗字。又如：土－阝（邑）、身－骨、口－齒、口－言、門－阜、魚－黽、糸－革等，這些形體雖然不同，而由於其意義相近或相關，甚至如前面曾舉過的：冫－氵、禾－木、米－禾、豸－禾、戈－攴等等，不僅形體相似，意義上也相似、相關，都會使正字演化成俗字。在讀音方面，我們第三章第三節的遞換，所論及遞換聲符或聲符部件，必須在聲音相同或相近的條件下進行，才有可能使正字轉變為俗字，不過有些聲符的轉換，似乎也會涉及到形近的因素，例如廐－廏、駈－驅，是換聲也是形近，尤其像丘－區，我們如果從區字的形體逐代演化的情形來看，就會更明白。另外再如鐵俗作鐵，也是個形近音近的例子。總之，俗字的發展是有其一定的脈絡可尋，形音義的近似，是它形成的憑藉。

四、古文字是俗字形成的源頭

在前面所曾討論過的俗字當中，我們可以發現有許多俗字，其來源很古，早在先秦，甚至殷商時期的甲骨文、金文、簡帛文字、璽印文字裡，就作如《玉篇》俗字的字形，或接近俗字的字形。不過，古文字的形構勻圓詰屈，俗字的形構方折點挑，這個基本的差異，還是存在的。依本文的析論，有些俗字與古文字形體相同，如：萬俗作万，戰國古璽作 ；害俗作害、柰俗作奈，戰國末秦初的睡虎地秦簡作 、 。有些俗字與古文字相近，已開啓《玉篇》俗字的先聲，如：閉俗作閇，金文、秦簡作 、 ；器俗作噐，戰國楚簡、秦簡作[illegible]、[illegible]；尢俗作尣，《說文》小篆作[illegible]；桑俗作桒，殷商甲骨作[illegible]；儁俗作㑺，所从乃爲弓，甲骨、金文則作[illegible]、[illegible]；菌俗作屎，殷商甲骨作[illegible]。還有一些俗字如豐俗作豊，其實早在殷商甲骨文裡，豐、豊形構就難分別，諸如此類，我們都可以清楚地了解，俗字的來源很古，只是在一時有一時之俗的觀念之下，所源於古文字的字體，被認定爲俗字。

五、漢隸是俗字發展的關鍵

在所作俗字衍變的分析裡，我們經常可以從漢簡帛文字或碑刻文字裡找出與《玉篇》俗字形體相同的字形，而且字數極多，例閉俗作閇，漢簡帛作閇；所从悤字聲符漢碑刻作忩；畫俗作畫，漢簡作畫；棗俗作棗，漢簡作来；備俗作俻，漢碑作俻；輭俗作軟，所从欠，漢簡作[illegible]；臘俗作臈，漢簡作臈，繩俗作縄，漢簡作縄；襦、孺俗作[illegible]、[illegible]，漢簡从需作[illegible]；卻俗作却，漢簡作却；邪俗作耶，漢碑作耶；叔俗作[illegible]，漢碑作[illegible]；屬俗作属，漢碑作属；所俗作所，漢碑作所等等，從這裡我們可以了解，漢隸的字形，對俗字的發展是有其直接的關鍵性，尤其漢隸正是處於漢字隸變之後，文字尚未楷化定型之前，其字體多樣，而當文字楷化定型之後，不少漢隸字形與定型楷體不同，卻仍然流傳使用不絕，於是字書之編者便視之爲俗字，由此可知，《玉篇》的俗字之所以有爲數不少與漢隸相同或相近，實因漢隸是漢字的演變的一個關鍵時期，這也是俗字發展的關鍵時期。

六、假借亦是俗字生成的緣由

有些俗字的生成並非由形音義的直接演化，而是來自假借的關係，例如萬俗作万，万原是丏字，二者形異而音近，於先秦假借万爲數名萬字。又如飾俗作餝，餝原爲飭的俗字，但飭與飾形近而古音同，因此漢時相假混用不別，於是餝遂變成飾的俗字。又如豚俗作㞘，其中除了豚應是豚之訛誤，㞘正作𡱂之外，豚所以俗作㞘，則在於豚爲𡱂的假借，二者聲音完全相同，而𡱂義指髀，與臀同，因此，𡱂訛變作㞘，而爲豚的俗字。由這些例字，我們可以知道假借也是俗字生成的緣由之一。

七、語言是俗字換聲的依據

在俗字聲符遞換的情形裡，有的俗字聲符頗能顯示出其造俗當時的實際語言或方言的現象。有的俗字聲符與正字音讀完全相同，如舥俗作䑶、詑俗作訑、枏俗作楠等。有的則在《玉篇》時代讀音有異，但卻顯示出其於古音、或在現代方言裡相合的情形，如軀、驅俗作躯、駈，除了顯示變俗時期，在東漢至魏晉侯幽韻部通轉的情形之外，由今南方方言裡，也呈現其語音相同的情形。又如麴俗作麯，《玉篇》麴與俗換聲符曲讀音不同，但也顯示出晚唐時期屋韻、燭韻合流的現象，而今方言中北方及南方的部分方言，正顯示其不別的情形。又如飯俗作飰、飦，儘管《玉篇》飯的聲母已讀成輕脣，但飰、飦所从弁、卞聲符，卻顯示其保留古讀重脣的現象，而今閩方言也頗能證明飯古讀重脣的事實。諸如此類，俗字遞換聲符，必以實際語言或方言爲其遞換的基礎，由此可知俗字保存了古今語音演變的豐富材料，值得研究語音史者重視。

八、錯雜是俗字衍生的關係

俗字是隨著形音義的近似而衍生變化，但由於其生成的時代不一，造俗者又非一人一地，因此往往發生同形異俗、或同俗異形的交錯複雜的現象。例如同是从它得聲，就有作从他的訑，从㐌的拖、絁，从也的虵等不同聲符的俗字；又如同是从耎得聲，就有作从欠的軟、从需的如穤等俗字；又如同是从犬形符，就有作从工的器、作从廾的弊等俗字。反過來說，例如正字原从朿的棗及原正作來字，形體不同，但俗字皆變成从来而作棗、来。又如正字从氐者，則俗从互，又俗从乏，而从互既作俗，又與正字相互的互形同，另外互又有俗字作歺，諸如此類，由於俗字的衍化，而孳生與正字、俗字之間錯綜複雜的關係，也是俗字發展的一個重要現象。

第二節　玉篇俗字觀念綜論

在本文的第四章裡，曾將宋重修《玉篇》與同屬中古時期的唐顏元孫《干祿字書》、宋陳彭年等《廣韻》、宋司馬光等《類篇》中的俗字作一比較，從這些比較裡，或多或少都能顯示出宋重修《玉篇》的俗字觀念，歸納其觀念可得而言者有三：

一、玉篇俗字不偏重點畫小虧

《玉篇》的時代爲雕版已盛行的宋代，民間俗字雖然仍有不少，但《玉篇》全書也不過列舉 220 個俗字，最主要的原因是雕版的字體，對文字的規範是有相當程度的影響，所以《玉篇》對於俗字的說明列舉，不再像處於抄寫盛行時期的《干祿字書》，爲規範文字書寫而重視「點畫小虧，亦無所隱」，因此《玉篇》俗字較《干祿字書》爲少，且《干祿字書》中大多數屬於這類的俗字，《玉篇》多未載錄。其實《玉篇》爲官修字書，不載錄的俗字，自然代表著這些是屬非規範的文字，這應該也是一種否定的態度，顯示《玉篇》俗字的觀念，還是以官方的立場爲出發點。

二、玉篇俗字範圍趨向縮小

《玉篇》原是爲跟《廣韻》相副施行而重修，二書時代先後不過相距五年三個月，修纂者又相同，但是在俗字的觀念上，《玉篇》是根據《廣韻》而再作調整。總的說，《玉篇》的俗字較《廣韻》少了141字，可是在《玉篇》的220個俗字裡，其繼承《廣韻》的俗字，就達114字，佔《玉篇》全部俗字的一半以上，另外有不少《廣韻》俗字，《玉篇》轉爲正字，或刪略不載，像這些都顯示《玉篇》有意減少俗字的數量，縮小俗字的範圍。所以雖然二書相距時間那麼近，但已顯見減少俗字數量，是宋代字書發展的趨勢，這也就容易解釋爲什麼比《玉篇》再晚54年的《類篇》，其載列的俗字數量更少，只有51個字的原因了。

三、玉篇俗字略存否定的意涵

在上述唐宋的字書裡，除了《類篇》之外，對於載列的俗字大抵採取消極而不鼓勵的態度。如《干祿字書》對俗字的態度是「用亦無爽，儻能改革，善不可加」。而《廣韻》與《玉篇》大抵採正文直接載列，或於注文中指示。在正文載列，比較沒有否定的意味，但注文中指示，則略存否定的意涵。《玉篇》中載列於注文中的俗字，計有50個字，佔全部俗字，還不到四分之一，所以俗字否定的意涵並不顯得強烈。但是到了《類篇》則明確地否定俗字，以建立正字規範的地位，所以凡俗字絕大多數均指明其非是，我們認爲這應該是從《玉篇》的俗字觀念，積極而強化以形成的，這也跟《玉篇》略作否定的態度不同。

參考引用書目

丁邦新

1975　《魏晉音韻研究》，中央研究院歷史語言研究所專刊之六十五。

丁　度

1939　《集韻》，1986，學海出版社影述古堂影宋鈔本，台北。

丁福保編、楊家駱合編

1977　《說文解字詁林正續合編》，鼎文書局，台北。

山西省文物工作委員會編

1976　《侯馬盟書》，文物出版社，北京。

孔仲溫

1987　《韻鏡研究》，學生書局，台北。

1987　《類篇研究》，學生書局，台北。

1987　〈宋代的文字學〉，《國文天地》3：3：73-79，台北。

1994　《類篇字義析論》，學生書局，台北。

1996　〈釋盍〉，《于省吾先生百年誕辰紀念論文集》，P.256-261，吉林大學，吉林。

方述鑫等

1993　《甲骨金文字典》，巴蜀書社，成都。

毛亨傳、鄭玄箋、孔穎達疏

1974　《毛詩正義》，藝文印書館印十三經注疏本。

王　力

1957　《漢語史稿》，1970，泰順書局，台北。

1963　《漢語音韻》，1975，弘道文化事業公司，台北。

1985　《漢語語音史》，中國社會科學出版社，北京。

王仲翊

1996　《包山楚簡文字研究》，中山大學碩士論文，高雄。

王利器

1993　《顏氏家訓集解》，中華書局，北京。

王　昶

1805　《金石萃編》，台聯國風出版社，台北。

王夢鷗

1974　《漢簡文字類編》，藝文印書館，台北。

王應麟

《玉海》，1983，商務印書館影印文淵閣四庫全書本，台北。

北京大學中國語言文學系

1989　《漢語方音字匯》第二版，文字改革出版社，北京。

司馬光等

1067　《類篇》，1984，中華書局影姚覲元本，北京。

1067　《類篇》，1988，上海古籍出版社影汲古閣影宋鈔本，上海。

司馬遷

《史記》，藝文印書館印二十五史武英殿本，台北。

朱　星

1995　《中國語言學史》，洪葉文化事業公司，台北。

朱駿聲

1933　《說文通訓定聲》，1975，藝文印書館，台北。

余迺永

1974　《互註校正宋本廣韻》，聯貫出版社，台北。

佚　名

《韻鏡》，1974，藝文印書館印古逸叢書本，台北。

李孝定

1965 《甲骨文字集釋》，中央研究院史語所專刊之五十，台北。

李延壽

《南史》，藝文印書館印二十五史武英殿本，台北。

周法高

1974 《金文詁林》，香港中文大學，香港。

周祖謨

1940 《廣韻校本》，1974，世界書局，台北。

1950 《方言校箋》，1972，鼎文書局，台北。

1966 《問學集》，1979，河洛圖書出版社，台北。

1992 《語言文史論集》，五南圖書出版公司，台北。

林明波

1975 《唐以前小學書之分類與考證》，東吳大學，台北。

林慶勳・竺家寧・孔仲溫

1995 《文字學》，國立空中大學，台北。

空　海

《篆隸萬象名義》，1975，台聯國風出版社，台北。

金榮華主編

1980　《敦煌俗字索引》，石門圖書公司，台北。

姚思廉

《梁書》，藝文印書館印二十五史武英殿本，台北。

《陳書》，藝文印書館印二十五史武英殿本，台北。

封　演

《封氏聞見記》，1985，中華書局叢書集成初編，北京。

段玉裁

1807　《說文解字注》，1982，學海出版社影經韻樓藏版，台北。

洪　适

《隸釋》，1985，中華書局，北京。

洪鈞陶

1991　《隸字編》，文物出版社，北京。

洪燕梅

1993　《睡虎地秦簡文字研究》，政大碩士論文，台北。

洪興祖

1973　《楚辭補注》，藝文印書館，台北。

紀昀等

1782　《四庫全書總目》，1974，藝文印書館，台北。

胡吉宣

1982　〈唐寫原本《玉篇》之研究〉，《文獻》11：79-186，書目文獻出版社。

1989　《玉篇校釋》，上海古籍出版社，上海。

胡樸安

1936　《中國文字學史》，商務印書館，台北。

范　寅

1882　《越諺》，1970，東方文化書局民俗叢書本，台北。

夏　竦

《古文四聲韻》，1978，學海出版社影碧琳瑯館叢書本，台北。

孫鈞錫

1991　《中國漢字學史》，學苑出版社，北京。

徐中舒

1980　《漢語古文字字形表》，1982，文史哲出版社，台北。

1998　《甲骨文字典》，四川辭書出版社，成都。

徐　復

1992　《廣雅詁林》，江蘇古籍出版社，上海。

晁公武

1151　《郡齋讀書志》，1968，商務印書館景宋淳祐袁州刊本，台北。

秦　公・劉大新

1995　《廣碑別字》，國際文化出版公司，北京。

馬承源主編

1986　《商周青銅器銘文選》，文物出版社，北京。

馬端臨

《文獻通考》，1987，商務印書館印浙江影刊武英殿本，台北。

高　明

1980　《古文字類編》，1986，大通書局，台北。

高鴻縉

1960　《中國字例》，三民書局，台北。

張世超等

1996　《金文形義通解》，中文出版社，京都。

張光裕・袁國華合編

1992　《包山楚簡文字編》，藝文印書館，台北。

張守中

1994　《睡虎地秦簡文字編》，文物出版社，北京。

張自烈

1678　《正字通》，潭陽成萬材本。

張涌泉

1995　《漢語俗字研究》，岳麓書社，湖南。

梅膺祚・吳任臣

1615　《字彙》、1666《字彙補》，1991，上海辭書出版社，上海。

脫　脫等

《宋史》，藝文印書館印二十五史武英殿本，台北。

許　愼著、徐　鉉校訂

1982　《說文解字》，華世出版社，台北。

郭在貽

1992　《郭在貽語言文學論稿》，浙江古籍出版社，杭州。

郭若愚

1994 《戰國楚簡文字編》，上海書畫出版社，上海。

陳建貢・徐　敏合編

1991 《簡牘帛書字典》，上海書畫出版社，上海。

陳振孫

《直齋書錄解題》，1968，商務印書館印國基本，台北。

陳彭年等重修

1013 《大廣益會玉篇》，中華書局影澤存堂覆宋本。1987，北京。

1013 《大廣益會玉篇》，日本京都大學人文科學研究所藏清康熙楝亭音韻五種本（微卷）。

陳新雄

1971 《古音學發微》，文史哲出版社，台北。

1984 《鍥不舍齋論學集》，學生書局，台北。

1994 《文字聲韻論叢》，東大圖書公司，台北。

1994 〈《廣韻》二百零六韻擬音之我見〉，《語言研究》27：94-111。

陳夢家

1956 《殷墟卜辭綜述》，科學出版社，台灣翻印。

陸德明撰、黃坤堯・鄧仕梁新校索引

583　《經典釋文》，1988，學海出版社印新校索引本，台北。

曾榮汾

1982　《干祿字書研究》，文化大學博士論文，台北。

曾憲通

1993　《長沙楚帛書文字編》，中華書局，北京。

森立之

1885　《經籍訪古志》，1981，廣文書局書目總編，台北。

黃錫全

1990　《汗簡注釋》，武漢大學出版社，武漢。

楊守敬

1897　《日本訪書志》，1981，廣文書局書目總編，台北。

漢語大字典字形組編

1985　《秦漢魏晉篆隸字形表》，四川辭書出版社。

劉文典

1921　《淮南鴻烈集解》，商務印書館，台北。

劉　昫

《舊唐書》，藝文印書館印二十五史武英殿本，台北。

劉葉秋

1984　《中國字典史略》，源流出版社，台北。

樓　鑰

《攻媿集》，1979，商務印書館四部叢刊本，台北。

歐陽修·宋　祁等

《新唐書》，藝文印書館印二十五史武英殿本，台北。

蔣禮鴻

1194　《蔣禮鴻語言文字學論叢》，浙江古籍出版社，杭州。

鄭　玄注、孔穎達疏

642　《禮記正義》，1973，藝文印書館十三經注疏本，台北。

鄭　珍

1889　《汗簡箋正》，1974，廣文書局影廣雅書局本，台北。

濮之珍

1990　《中國語言學史》，書林出版公司，台北。

謝啓昆

1798　《小學考》，1974，藝文印書館，台北。

顏元孫

《干祿字書》，1966，藝文印書館百部叢書集成夷門廣牘本，台北。

魏　徵等

《隋書》，藝文印書館印二十五史武英殿本，台北。

羅常培·周祖謨

1958　《漢魏晉南北朝韻部演變研究》（一），科學出版社，北京。

羅福頤

1981　《古璽彙編》，1994，文物出版社，北京。

1981　《古璽文編》，1994，文物出版社，北京。

顧野王

543　《原本玉篇殘卷》，中華書局，1985，北京。

顧野王撰、陳彭年等重修

1013　《玉篇》，國字整理小組，壬戌，台北。

國家圖書館出版品預行編目資料

《玉篇》俗字研究

孔仲溫著.— 初版.— 臺北市：臺灣學生，
2000 [民 89]

ISBN 957-15- 1024-6 (精裝)
ISBN 957-15- 1025-4 (平裝)

1.玉篇 – 研究與考訂 2.中國語言 – 文字

802.282　　89008460

《玉篇》俗字研究

著作者：孔仲溫
出版者：臺灣學生書局
發行人：孫善治
發行所：臺灣學生書局
臺北市和平東路一段一九八號
郵政劃撥帳號：00024668
電話：(02)23634156
傳真：(02)23636334
本書局登記證字號：行政院新聞局局版北市業字第玖捌壹號
印刷所：宏輝彩色印刷公司
中和市永和路三六三巷四二號
電話：(02)22268853

定價：精裝新臺幣二七〇元
平裝新臺幣一八〇元

西元二〇〇〇年七月初版

80278

ISBN 957-15- 1024-6(精裝)
ISBN 957-15- 1025-4(平裝)